El hombre definitivo

 This Large Print Book carries the
Seal of Approval of N.A.V.H.

El hombre definitivo

Kristin Gabriel

Thorndike Press • Waterville, Maine

Published in 2005 by arrangement with Harlequin Books S.A.
Publicado en 2005 en cooperación con Harlequin Books S.A.

Thorndike Press® Large Print Spanish.
Thorndike Press® La Impresión grande española.

The tree indicium is a trademark of Thorndike Press.
El símbolo del árbol es una marca registrada de Thorndike Press.

The text of this Large Print edition is unabridged.
El texto de ésta edición de La Impresión Grande está inabreviado.

Other aspects of the book may vary from the original edition.
Otros aspectros de éste libro podrían variar de la edición original.

Set in 16 pt. Plantin.
Impreso en 16 pt. Plantin.

Printed in the United States on permanent paper.
Impreso en los Estados Unidos en papel permanente.

Library of Congress Cataloging-in-Publication Data

Gabriel, Kristin.
    [Seduced in Seattle. Spanish]
    El hombre definitivo / by Kristin Gabriel.
        p. cm. — (Thorndike Press large print Spanish)
    "Titulo original: Seduced in Seattle" — T.p. verso.
    ISBN 0-7862-7896-X (lg. print : hc : alk. paper)
    1. Large type books. I. Title. II. Thorndike Press large print Spanish series.
PS3557.A2426S4318 2005
813'.6—dc22   2005013464

El hombre definitivo

Prólogo

EL destino conspiraba en contra de Kate Talavera. No podía existir otra razón por la cual ella se encontrara encerrada en el servicio de señoras del salón de bodas, en el mismo momento en el que la novia iba a lanzar la falda.

—¡Sáquenme de aquí!

Kate aporreó la puerta del servicio con la esperanza de que alguien la oyera, a pesar de la música que sonaba a todo volumen en el salón.

Cuando empezó a dolerle el puño de tanto golpe, Kate se apoyó sobre el lavabo a reconsiderar sus opciones; y quedarse encerrada en el servicio de señoras no era una opción. Sobre todo cuando estaba a punto de acontecer algo que podría cambiar su futuro.

Miró su reloj de pulsera y vio que casi era la hora de que la novia, Gwen Kempner, lanzara el ramo. Pero eso a Kate no le importaba. Ella quería la falda. El arma secreta que les había conseguido marido a sus tres antiguas compañeras de facultad.

La falda provenía de una remota isla del Caribe y estaba confeccionada en un tejido excepcional. Un tejido que atraía a los hombres hacia la mujer que la llevara puesta y los embelesaba para siempre.

Con la falda, que había conseguido en la boda de Torrie, Chelsea Brockway había encontrado el verdadero amor en Zach McDaniels, con el cual se había casado en Navidad. Kate y Gwen habían sido sus damas de honor, solo que Gwen había tenido la suerte de atrapar la falda esa noche. Poco después, Gwen había conocido a Alec, y esa mañana, día de San Valentín, se había convertido en la señora de Alec Fleming. Le había llegado el turno a Kate.

Eso si era capaz de salir del servicio.

Miró a su alrededor con la esperanza de encontrar algo con que abrir la puerta, pero solo vio unos rollos de papel higiénico y una barra de labios vacía. Aquello no podía estar ocurriéndole; sobre todo cuando por fin había conseguido encontrar al hombre perfecto.

Todd Winslow, su antiguo vecino de al lado de toda la vida y dueño de una de las más prósperas cadenas de televisión por cable. Era un hombre inteligente, de éxito, y encima estaba soltero. En dos semanas, Todd asistiría a la fiesta del cuarenta aniversario de sus padres.

Kate tenía planeado echarle el guante en

esa ocasión. Lo único que tenía que hacer era atrapar la falda, para después atrapar a Todd. Llevaba tanto tiempo esperando el verdadero amor, que no iba a permitir que una puerta atrancada la detuviera.

Se quitó uno de los zapatos de tacón alto y golpeó la punta del tacón contra el lavabo hasta que se desprendió la pequeña tapa de goma. Terminó de arrancarla y pasó el dedo por la afilada punta de metal del tacón. Abriría un boquete en la puerta para salir de allí si era necesario.

En ese momento alguien llamó a la puerta y Kate sintió un tremendo alivio. Dejó caer el zapato y corrió a aporrear la puerta.

—¡Por favor, ayúdeme! Estoy encerrada aquí dentro.

—¿Kate? —le llegó la conocida voz de Chelsea—. ¿Eres tú?

—Sí, soy yo. ¿Me lo he perdido?

—No, porque Gwen ha querido esperar hasta que diera contigo. Aunque no podrá esperar mucho más. Alec está más que dispuesto a empezar la luna de miel.

—¡Tienes que sacarme de aquí!

—De acuerdo —contestó Chelsea desde el otro lado de la puerta—. Espera e intenta tranquilizarte. Iré a buscar a Zach, a ver lo que puede hacer.

Kate se paseó de un lado a otro del lavabo. Tenía que hacerse con la falda. A sus veintisiete años había besado a un número nada despreciable de hombres en busca de su príncipe azul. Y soportado otro San Valentín más sin pareja. Pero había llegado el momento de ocuparse personalmente de su futuro sentimental.

—Zach ha encontrado al encargado —le dijo Chelsea a través de la puerta—. Han ido a buscar una llave.

—Dile que se dé prisa.

—No puedo creer que te hayas quedado ahí encerrada; precisamente tú —contestó Chelsea muerta de risa.

—Pues yo sí —Kate se dejó caer sobre la puerta—. Me ocurren cosas como esta muy a menudo. Cuando encuentro un tipo que me gusta, va el destino y me lo quiere arrebatar.

—Me parece que estás exagerando un poco.

—Entonces, ¿por qué al último tipo con el que salí lo destinaron a Hong Kong? ¿Y por qué al anterior a ese lo atropelló un coche?

—Qué horror —exclamó Chelsea—. ¿Falleció?

—No. El coche solo iba a diez por hora. Pero se enamoró de la enfermera que lo atendió en urgencias. Se casaron seis semanas después.

La puerta la abrió finalmente un sonriente Zach. Chelsea agarró a Kate de la mano y tiró de ella hacia el salón donde se celebraba el banquete. Vio a Gwen de pie en el balconcillo del piso superior junto a su recién estrenado marido.

Kate se abrió paso entre los asistentes, dispuesta a ignorar las miradas de reproche que todo el mundo le lanzaba. Cuando Gwen la vio, sonrió aliviada y seguidamente lanzó la falda al aire.

Kate observó cómo la prenda descendía flotando hacia ella, casi a cámara lenta. Luchó contra sus competidoras, tal y como su hermano la había enseñado a hacer cuando quería atrapar la pelota en un partido de baloncesto. Empujada por la esperanza y la emoción, Kate saltó con todas sus fuerzas para atrapar la falda. Lo hizo y tiró de ella. La sedosa tela le acarició la palma de la mano.

«Por fin».

Hasta que una mujer que estaba a su lado, una rubia pechugona con un vestido de noche de hombreras abultadas, intentó arrebatársela.

—Esa falda debería ser para mí.

—Lo siento, pero es mía —respondió Kate con firmeza, agarrándola con fuerza—. La he atrapado yo.

—Eso ya lo veremos —dijo la mujer, y dio un fuerte tirón de la falda.

—¡Tenga cuidado! —exclamó Kate—. La va a...

La tela se rasgó.

En ese momento llegó Chelsea con los ojos como platos.

—¿Qué ha pasado?

La rubia soltó la falda y, seguidamente, señaló a Kate con un dedo acusador.

—La ha roto ella. Ahora seguramente no valdrá para nada —añadió con rabia antes de darse la vuelta y marcharse.

Kate levantó la falda para comprobar los daños.

—Parece que solo se ha descosido un poco por una de las costuras. Bastará con unas puntadas.

Chelsea se mordió el labio.

—No estoy tan segura, Kate. Es el hilo utilizado lo que hace de ella una prenda tan especial. No sé lo que pasará si la coses con un hilo normal y corriente.

—No te preocupes —contestó Kate con resolución. Tenía la falda y eso era todo lo que importaba—. Ya se me ocurrirá algo.

Capítulo uno

BROCK Gannon entró en Dooley's Bar y echó una mirada por el local de ambiente cargado. Ya no sentía la emoción de antaño al embarcarse en una nueva misión. Tal vez el hecho de cumplir treinta años tuviera también algo que ver. Aunque, en realidad, últimamente nada parecía hacerle ya ilusión. Su trabajo consistía en recuperar objetos robados que la policía no había podido o no quería encontrar. Por supuesto, también había clientes que no querían dar parte a la policía, sobre todo cuando había algún familiar implicado en el robo.

El trabajo de mercenario había enseñado a Brock a sospechar de todo el mundo y a no confiar en nadie. Era la suya una actitud un tanto cínica, pero gracias a ella había sobrevivido durante los últimos ocho años. Su ocupación era peligrosa, ya que a menudo lo obligaba a mezclarse con ladrones y gente de los bajos fondos. Pero también lo había convertido en un hombre rico, y le había permitido viajar por todo el mundo, incluyendo lugares exóticos donde se aventuraban pocas personas civilizadas. Sin embargo, siempre regresaba a Boston, a Dooley's, aunque en realidad no había ningún sitio que pudiera llamar su hogar.

El jefe de Brock, dueño de aquel bar, era un mercenario retirado. Sam Dooley se dedicaba sencillamente a supervisar las misiones, asignando el mejor empleado, ya fuera hombre o mujer, para cada tarea, y quedándose él con un pequeño porcentaje.

Una evocadora melodía celta emanaba de la máquina de discos. Junto a la larga barra de roble había dos hombres sentados, cada uno de ellos con sendas jarras de cerveza en la mano. Una risa de mujer le llamó la atención, y Brock dirigió la mirada hacia la parte trasera del local. Varias personas jugaban al billar, y Brock divisó la cabeza canosa de su jefe mientras el hombre se inclinaba para reordenar las bolas con un golpe del taco.

Brock pidió una cerveza y se dirigió a una de las mesas para esperar a que terminara la partida. No tenía prisa alguna. Se había pasado suficientes noches en moteles solitarios como para no acoger con gusto el cambio de escenario.

Media hora después, Dooley se acercó a su mesa.

—Maldita sea, Gannon. ¿Por qué no me has dicho que estabas aquí?

Brock hizo un gesto con la cabeza hacia donde estaban las dos mujeres, junto a la mesa de billar.

—Me pareció que estabas ocupado.

—Podrías haberte unido al grupo —dijo Dooley, que se sentó frente a Brock—. Habríamos montado una fiesta.

Brock sacudió la cabeza.

—Debo tomar un avión mañana temprano. Aunque no me has dicho dónde me vas a enviar esta vez.

—A Seattle.

Brock dio un largo trago de cerveza.

Seattle era tan solo una más de la larga lista de ciudades. Londres, Chicago, Toronto... Pasado un tiempo, todas acababan pareciéndose.

Se había criado en las distintas bases militares que poblaban el país, incluyendo la de Whidbey Island. Su madre había aceptado trabajos sin porvenir en las ciudades próximas a las bases, con la esperanza de cazar a algún militar con quien casarse. Había cazado a cinco, pero se había librado de todos ellos en cuanto habían demostrado que no podían hacerla feliz. Ni siquiera su propio padre se había molestado en quedarse a ver nacer a Brock. Dooley no era más que uno de los cuatro padrastros que habían intentado llenar el vacío dejado por su padre. Y era su favorito.

—Hablando de Seattle. Ayer hablé por teléfono con tu madre —Dooley hizo una seña a la camarera para que les sirviera otra ronda—. Me dijo que había recibido una invitación para asistir a la celebración del cuarenta aniversario de los Talavera. Tú también estás invitado.

Brock asintió, aunque no tenía intención de ir a ninguna fiesta. Había cortado todos los vínculos que lo unían a la ciudad cuando la había abandonado doce años atrás. Dooley conocía bien a los Talavera. Sabía lo unido que Brock había estado a ellos antes de alistarse en la marina, cuando estaba a la mitad de su último curso en el instituto. Tony Talavera había sido su mejor amigo en los tres años que Brock había vivido en Seattle, y la familia de Tony lo había acogido como a un hijo.

Se quedó mirando la jarra de cerveza vacía mientras pensaba en Sid y Rose, y en la pesada de Katie, la hermana pequeña de Tony. Siempre la recordaba leyendo aquellas novelas rosas, y cómo escapaba a su habitación cuando Tony le tomaba el pelo. Parecía que había pasado una eternidad de aquello.

La camarera llegó con las jarras heladas, sacándolo de su ensimismamiento.

—Háblame de la misión —dijo cuando la chica se había alejado.

Dooley sonrió de medio lado.

—Es algo insólita.

—Entonces parece de las que me gustan a mí —las habilidades de Brock como rastreador militar habían hecho de él uno de los mejores agentes de Dooley.

Al principio Brock disfrutaba de su trabajo. Solía gustarle viajar a destinos exóticos y pasar una noche en brazos de una preciosa y misteriosa mujer. Pero llegó un momento en que el trabajo había perdido su atractivo. Ya todo le parecía inútil.

Había pensado en dejarlo, puesto que ya no necesitaba el dinero. Pero entonces, ¿qué haría? Brock sabía que había llegado a un momento decisivo en su vida, solo que no tenía idea de qué dirección tomar.

—¿Quién es el cliente? —preguntó mientras se arrellanaba en el asiento.

—Dooley dio un trago de cerveza y se limpió un poco de espuma del labio superior.

—Una nativa de Calabra.

Brock conocía la existencia de la pequeña isla enclavada en medio del Mar Caribe. Sus gentes, reservadas y tranquilas, no habían querido explotar sus preciosas playas ni las selvas vírgenes para satisfacer a las hordas de turistas que llegaban a otras islas próximas más conocidas. Pocas personas sabían de la existencia de la isla.

—La mujer es una de las candidatas a una elección que se va a celebrar allí —continuó explicándole Dooley—. Parece ser que está convencida de que ganará votos si recupera El artículo en cuestión. Prometió pagar mucho dinero E insistió mucho para que todo se llevara a cabo con mucha reserva.

Brock arqueó una ceja.

—¿Y no lo hacemos siempre?

Dooley asintió, levantó su cerveza y sonrió.

—¿A que no sabes lo que quiere?

—¿El qué?

—Una falda.

Brock esperó a que Dooley le soltara algo más, pero el hombre se limitó a continuar sonriendo.

—¿Una falda?

—Eso es. Y adivina... He recibido otra solicitud para obtener la misma falda. Solo que este cliente no ha querido darme su nombre, y rápidamente se echó atrás cuando le mencioné nuestros honorarios habituales.

Brock alzó una mano.

—Espera un momento. ¿De qué demonios estás hablando? ¿Qué falda es esa?

—Una falda negra de mujer. Está confeccionada en un extraño tejido, lleva una cremallera atrás y una abertura en el lado izquierdo. Le he seguido la pista a la falda desde Nueva York a Houston, y ahora mis fuentes de información me dicen que ha llegado a Seattle. Tu misión es hacerte con la falda y devolvérsela lo antes posible a nuestra cliente de Calabra.

Brock lo miró unos segundos y entonces se echó a reír.

—Te lo ha sugerido Sully, ¿verdad? Aún está molesto porque yo encontré ese papiro antiguo después de que él llevase ocho meses buscándolo.

—Todo lo que te he dicho es cierto, Brock.

—Vamos, Dooley, no me tomes el pelo. ¿Una falda? Si tuviera que dar con una mujer con falda, eso sería otra historia. En ese campo sí que tengo cierta habilidad.

—Y tal vez tengas que utilizarla para esta misión. Ya te he dicho que era una misión fuera de lo común.

Brock lo miró.

—Entonces todo esto es en serio.

—Totalmente. Al parecer hay un hilo excepcional al que los habitantes de Calabra atribuyen poderes especiales. Este hilo está en el tejido de la falda. Por lo visto, nunca debería haber salido de la isla.

Brock seguía sin tragárselo.

—¿Poderes especiales? ¿Estamos hablando de vudú, acaso?

Dooley sacudió la cabeza.

—Más bien de atraer y enamorar a los hombres, o alguna tontería así. Según esta cliente, cuando un hombre ve a una mujer con la falda puesta, se queda embelesado para siempre. La cliente teme el lío que la falda pueda causar entre gente inocente, al menos eso es lo que dice.

Brock hizo una mueca de disgusto.

—Una falda que ata a un hombre a una mujer para siempre. Parece la peor de mis pesadillas.

Dooley se echó a reír.

—No son más que una sarta de supersticiones. Es sorprendente las cosas en las que la gente se gasta el dinero. Pero, aparentemente, nuestra cliente ha intentado hacerse con la falda por otros medios y ha fracasado. Le prometí que tú la conseguirías.

—Reconozco que en un par de ocasiones me han dicho que siempre iba detrás de las faldas, pero jamás había sido de un modo tan literal.

—Pues mejor. O peor, depende de cómo lo mires.

—No me lo digas, déjame adivinar. Debo encontrar un zapato que haga juego con la falda.

—No, pero sí que conoces a la mujer que la tiene. Kate Talavera.

Brock se quedó de piedra.

—Déjate de bromas, Dooley.

—Me temo que no, Brock.

Él se inclinó ligeramente hacia delante.

—¿Me estás dando a entender que Kate robó la falda?

Dooley sacudió la cabeza.

—Nada de eso. Ha pasado por varias manos desde que entró en el país.

Brock suspiró aliviado. No quería imaginar a Kate, o a ninguno de los Talavera, implicados en algún asunto sucio. Su cariño y amistad era uno de los pocos recuerdos gratos que aún conservaba.

—¿Por qué no me dijiste desde un principio que los Talavera tenían que ver con este asunto?

—Porque temí que no quisieras escucharme.

—Y pensaste bien —se puso de pie—. Tendrás que buscar a otro para hacer este trabajo.

—¿Estás seguro de que eso es lo que quieres? —le preguntó Dooley mientras Brock se dirigía ya hacia la puerta.

Se dio la vuelta despacio y volvió a la mesa.

—No pienso robarles nada a los Talavera. Ni tampoco les pienso mentir. Y sabes que tendría que hacer las dos cosas para recuperar ese trapo.

—Lo sé —contestó Dooley sin rodeos—. Y sé lo importantes que son para ti. Maldita sea, por eso he acudido a ti el primero. Sabes mejor que nadie que no le digo a mi gente cómo debe hacer su trabajo. Si otra persona se encarga de esta misión, no podré controlar lo que pase. Utilizará cualquier método que le sea útil para conseguir la falda. Y ya sabes lo que eso significa.

No hacía falta que Dooley se lo explicara. Brock sabía de más que Kate o cualquiera de los Talavera podría salir perjudicado. Para empezar, podrían registrar de arriba abajo la casa de Kate. O algo aún peor.

—Maldita sea, Dooley —Brock se pasó la mano por la cabeza—. No quiero hacerlo.

—Esa invitación a la fiesta de aniversario es la ocasión perfecta. Tómate unas vacaciones de paso. Visita antiguas amistades.

Brock negó con la cabeza.

—Ni hablar. Me haré con la falda y saldré de Seattle. Con un poco suerte, ninguno de los Talavera se enterará siquiera de que he estado allí.

Dooley lo miró con curiosidad.

—Todavía tienes la posibilidad de rechazarlo. De marcharte y hacer como si nunca te lo hubiera contado.

Pero Brock sabía que eso sería ya del todo imposible.

—¿Tengo competencia? ¿Crees que la segunda persona que llamó ha encontrado una oferta mejor?

—Imposible —contestó Dooley pausadamente—. ¿Sabías que El Comadreja ahora se ha lanzado en solitario?

Brock asintió.

—Algo he oído.

El Comadreja era un mercenario que había trabajado en una de las agencias más importantes de Londres. Pero era demasiado voluble, de modo que habían prescindido de él. En esos momentos trabajaba fuera de Estados Unidos, haciendo cualquier cosa para conseguir trabajo. A El Comadreja le daba igual lo que tuviera que hacer con tal de llevar a cabo una misión. Brock no quería pensar qué podría ocurrir si El Comadreja se cruzara con Kate Talavera.

Todos los viejos recuerdos de los Talavera volvieron a su mente con nitidez. En parte deseaba volver a verlos, aunque sabía que Tony estaba en Brasil trabajando para una empresa de exportaciones, y que se había casado recientemente. ¿Qué sentiría Tony si supiera que su hermana podría correr peligro, y que Brock le había dado la espalda?

Brock apuró su jarra de cerveza y la dejó sobre la mesa.

—Acepto.

—Bien —Dooley levantó su jarra—. Por el éxito.

Hasta el momento, Brock jamás había fallado ninguna misión. Las claves eran una buena planificación y mantener la cabeza fría. Al día siguiente tomaría un avión a Seattle. Después tantearía el terreno. Lo primero que haría sería localizar la residencia de Kate. Esperaba que su teléfono apareciera en la guía. De no ser así, echaría mano de los pocos contactos que aún tenía allí. Daría con su casa de un modo u otro.

Después de eso, su trabajo sería sencillo. Esperaría a que la casa estuviese vacía y, entonces, la registraría hasta encontrar la falda. Si tenía suerte, y en más de una ocasión en su trabajo había dependido de la suerte, estaría montado en un avión rumbo a Calabra la noche siguiente.

Pero, ¿por qué le daba a Brock la sensación de que su racha de suerte se había agotado?

Capítulo dos

KATE estaba de pie frente al espejo de cuerpo entero de su antiguo dormitorio, contemplando su nueva arma secreta. La falda que había conseguido en la boda de Gwen le quedaba como un guante. Se ladeó ligeramente, contenta al notar que la costura había quedado como nueva, y todo gracias a su madre. El hilo que había utilizado era casi idéntico al original. Casi.

La cuestión era si la falda seguiría funcionando.

Le sonaron las tripas, recordándole que era la hora de su almuerzo. Su trabajo consistía en planificar reuniones, convenciones y otros eventos en uno de los hoteles más importantes de Seattle, y normalmente comía las sobras de los almuerzos de negocios. Pero ese día, el hotel estaba lleno de futuras modelos que iban a ser entrevistadas para una agencia local, de modo que el menú había consistido tan solo en zanahorias, frutos secos variados y agua mineral.

La dieta que había llevado durante años en la facultad para intentar librarse de todos esos kilos de más que siempre la habían acompañado en su adolescencia. Una mezcla de baja autoestima y de una madre italiana a la que le encantaba cocinar habían conducido a Kate a alcanzar casi los cien kilos de peso con solo quince años.

Pero en ese momento utilizaba la talla treinta y ocho; la misma que utilizaba su madre, que jamás engordaba a pesar de sus recetas tan alimenticias. Kate sonrió para sus adentros al recordar cómo Rose le había rogado que volviera al domicilio familiar después de que el edificio de apartamentos donde Kate tenía el suyo fuera vendido a una promotora. Solo de pensar en ello había engordado un par de kilos. De modo que había optado por quedarse en una *suite* que el hotel disponía para sus empleados.

Pero no tenía intención de permanecer allí mucho tiempo más... si la falda seguía funcionando, claro estaba. Pasó la mano por la sedosa tela negra, la llave que la llevaría a ganarse al hombre de sus sueños. Todd Winslow había sido el niño bonito del instituto: capitán del equipo de béisbol, encargado durante el último curso. Habían sido vecinos desde que ella iba a primaria, y siempre se había mostrado cortés con ella. No como tantos otros chicos que se habían burlado de su gordura.

Pero, en realidad, él nunca se había fijado de verdad en ella. Y Kate lo había olvidado después de terminar la enseñanza secundaria, cuando él se había marchado a California. Hasta seis meses atrás cuando Todd, dueño de una próspera cadena de televisión por cable, había invitado a tres de sus profesores de más influencia a uno de sus programas. Rose Talavera, una profesora de matemáticas de secundaria ya jubilada, había sido uno de ellos.

A la vuelta, Rose no había dejado de hablar del viaje y de Todd Winslow, insistiendo en la cortesía con que la había tratado y dejándole bien claro a Kate que Todd podría ser el marido ideal para ella.

Kate había visto a Todd en el programa y estaba de acuerdo con su madre. Su atractivo era aún mayor que en el instituto. Animada por las palabras de su madre, Kate había invitado a Todd a la fiesta impulsivamente. Cuando él había aceptado, ella se había quedado muy sorprendida. Sobre todo, teniendo en cuenta que tendría que viajar más de mil quinientos kilómetros para ir de Los Ángeles a Seattle.

Todd le había enviado la contestación por correo electrónico y, desde entonces, se habían comunicado de ese modo. Sus mensajes eran tanto divertidos como insinuantes. Kate nunca había pensado que pudiera atraer a un hombre como Todd. Pero una vez conseguida la falda, las cosas serían distintas.

¿Cómo podía averiguar si seguía funcionando? El ruido de un martillo neumático aporreando la acera le dio una idea. Saldría a ver si los obreros se fijaban. En realidad, algunos de ellos ya le habían silbado cuando había entrado en la casa, así que tal vez le resultara difícil saberlo. Pero lo intentaría de todos modos.

Aspiró hondo, se dio la vuelta y salió de su dormitorio. Se chocó de frente con el hombre que estaba de pie en la puerta. Kate retrocedió gritando, pero él la agarró de los hombros.

—Tranquila, no quería asustarte. Soy yo. Brock Gannon.

Con el corazón saliéndosele del pecho, respiró hondo con la esperanza de calmar la subida de adrenalina.

—¿Brock?

No podía ser él. Brock Gannon había sido un adolescente delgaducho, vestido con cazadora de cuero negro. Aquel hombre no tenía nada de delgaducho, y no era un adolescente. Mediría más de metro ochenta, y sus amplios hombros casi ocupaban el ancho del vano de su puerta.

—Brock —repitió—. ¿Eres tú de verdad?

Él asintió. Entonces la miró de arriba abajo

despacio, hasta que sus ojos gris metálico se encontraron de nuevo con su mirada. Abrió la boca, pero no le salieron las palabras.

—¿Qué estás haciendo aquí? —le preguntó, aunque la cabeza no paraba de darle vueltas.

Hacía más de diez años que Brock no aparecía por allí. En aquella época, él y su hermano Tony habían sido inseparables, compartiendo su afición por los coches y las mujeres. Desde luego, jamás había mostrado demasiado interés por Kate, una adolescente gordita y con coletas.

Pero, de todas maneras, ella siempre había sentido cierta aprensión en su presencia. Siempre había vestido de tipo duro, y nunca le había gustado demasiado hablar. Y ella sabía que se había metido en algún que otro lío. El colmo fue cuando se peleó en su último año de instituto, con Todd Winslow para más señas, y fue expulsado. Brock se había alistado en la marina al día siguiente y ella no había vuelto a verlo.

Qué ironía que aquel maltrecho y andrajoso adolescente fuera el hombre con el que había estado fantaseando minutos antes. Se preguntó si Brock recordaría a Todd Winslow, o si sabía lo bien que le había ido. Pero a juzgar por su expresión, Brock ni siquiera la recordaba a ella.

Entonces sonrió pausadamente, y esa sonrisa trasformó su rostro en el más apuesto que había visto en su vida.

—¿Katie, la Plasta? ¿De verdad que eres tú?

Ella dio un paso hacia él, sorprendida al notar que le temblaban ligeramente las rodillas. Le tendió una mano.

—Ahora ya solo soy Kate.

—Desde luego —suspiró. Entonces, la agarró de la mano y tiró de ella para darle un abrazo.

Al sentir la fuerza de su cuerpo, Kate aguantó la respiración. Brock Gannon había sin duda crecido. Sintió el roce de su barba en la mejilla y el contorno de sus bien dibujados bíceps bajo los dedos. Finalmente se apartó de él, algo sonrojada. A juzgar por cómo la miraba Gannon, ella no era la única desconcertada por el inesperado encuentro.

Entonces se dio cuenta. Brock la estaba mirando así por la falda. Estaba claro que funcionaba todavía. Pero, en lugar de alivio, sintió cierta desazón. Brock seguramente ni la habría mirado de no haber sido por la prenda. La subida de adrenalina que había sentido al verlo empezó a mitigarse y la pregunta que había surgido en su mente al verlo a la puerta volvió de nuevo.

—¿Cómo has entrado en casa?

Él vaciló un instante.

—La puerta estaba abierta.

Ella sacudió la cabeza.

—No puedo creer que se me olvidara cerrarla.

Con la emoción de probarse la falda debía de habérsele olvidado.

—Sencillamente entré sin más —sonrió—. Supongo que será la costumbre.

Kate sabía que la casa de sus padres había sido en su día como el segundo hogar de Brock. Según su hermano Tony, la vida de Brock en familia había dejado mucho que desear. El pequeño apartamento que compartía con su madre estaba en una zona sórdida de la ciudad, y la mayor parte de sus muebles y ropa habían sido de segunda mano. Su madre trabajaba de noche como camarera, dejando a Brock solo la mayor parte del tiempo. Por esa razón solía pasar tanto tiempo en casa de los Talavera.

Pero de eso habían pasado ya doce años. Le parecía algo raro que Brock entrara sin llamar y subiera a su dormitorio.

—¿Qué te trae por Seattle?

Él volvió a vacilar un instante.

—He venido por la fiesta.

—Ah.

Le había enviado una invitación a la madre de Brock, pidiéndole que se lo dijera también a él, pero no había sabido nada de ninguno de los dos.

—Como no me respondisteis, pensé que no vendríais.

—Espero que no resulte un problema.

—No, por supuesto que no… —el sonido de voces en el salón lo hicieron reaccionar, y Kate lo agarró del brazo—. !Mis padres! No pueden verte aquí.

Él frunció el ceño.

—¿Por qué no?

Ella tiró de él y cerró la puerta de su dormitorio.

—Porque entonces sabrán que estoy tramando algo. La fiesta de aniversario que les he organizado es una sorpresa. Si de pronto apareces después de tantos años, sé que sospecharán.

—¿Quieres que salga por la ventana?

—Te partirás la crisma si lo haces. Este es el segundo piso. Solo quédate aquí hasta que puedas salir.

Unos golpes a la puerta asustaron a Kate.

—¿Katie, puedo pasar? —le preguntó Rose Talavera desde el pasillo.

—Un momento, mamá —Kate se volvió hacia Brock—. ¡Métete debajo de la cama!

—¿Y el armario?

—No hay sitio en el armario.

Lo empujó hacia el suelo y Brock se metió

debajo de la cama.

Se oyó la voz de su padre desde el pasillo.

—¿Qué haces aquí, Rose? ¿Dónde está Katie?

—Me ha dicho que no pase —contestó Rose.

—¿Estás bien, Katie? —preguntó Sid Talavera.

—Estoy bien —gritó mientras estiraba el volante de la colcha para ocultar al hombretón de metro ochenta; entonces se sentó en el borde del canapé—. Ya podéis pasar.

La puerta se abrió y sus padres entraron en la habitación. Sid, dueño de una constructora, era un hombre fornido aunque no demasiado alto. Rose era una cuarta más pequeña que su marido, con mejillas redondas y sonrosadas, y sonrisa encantadora.

Rose miró a su alrededor.

—Me ha parecido oírte hablar con alguien.

—Hablaba sola —Kate se puso de pie y dio una vuelta—. Gracias por arreglarme la falda, mamá. Ha quedado perfecta.

Sid frunció el ceño.

—Está un poco corta, ¿no?

Rose sonrió.

—Bueno, a algunos hombres les gustan las piernas de las mujeres. ¿Qué tiene eso de malo?

—Lo único que digo es que tiene muy poca tela. Y no sé por qué estabais tan emocionadas por esta falda. Me esperaba algo con lentejuelas o más elegante.

—Es sutil —Rose pasó la mano por una pequeña mancha que había junto al dobladillo—. A los hombres les gustan las cosas sutiles. Y también las piernas. Es una buena combinación.

—Sigo diciendo que nuestra Katie no necesita ninguna falda mágica para ganarse a ningún hombre. Debería tener que espantárselos como moscas.

Kate se puso colorada al pensar en el hombre que estaba literalmente a sus pies. Jamás debería haberles dicho nada a sus padres de la falda. Pero no podía perder el tiempo preocupándose por eso. Tenía que encontrar el modo de que Brock saliera de la casa sin que sus padres lo vieran.

—Bueno, algunos hombres necesitan un empujoncito —dijo Rose, saliendo en defensa de su hija—. Y si la falda ayuda a darles ese empujón, ¿qué tiene de malo?

Sid no parecía demasiado contento.

—Entonces, ¿qué es lo que tienes pensado hacer, Katie? ¿Irte a un centro comercial o pasearte por las gradas del Safeco durante el partido de los Mariners en busca de hombres?

—¿Un partido de los Mariners? —Rose sacudió la cabeza—. La liga de béisbol no empieza hasta dentro de dos meses. Creo que debería actuar ahora que la falda funciona. Ha sido dama de honor en dos bodas desde la Navidad gracias a esta falda. Ahora le toca a nuestra Katie ser la novia.

—No te preocupes, papá —le aseguró Kate—. No tengo pensado ir en busca de hombres. Ya he elegido a uno.

Rose abrió los ojos como platos. ¿Quién es? ¿Lo conozco? ¿A qué se dedica? ¿Es de buena familia?

Kate alzó las manos con cierta exasperación. Ya había hablado más de la cuenta. Desde luego, más de lo que quería que Brock Gannon escuchara.

—Sé que te gustará, mamá, pero de momento no voy a decir nada más. Tal vez él no esté interesado en mí.

—Si así fuera —comentó Sid—, entonces es demasiado estúpido para ser mi yerno.

—Necesito cambiarme —dijo Kate, echando un vistazo al reloj.

Sid y Rose fueron hacia la puerta. Su madre se volvió antes de salir.

—Deja que cepille la mancha del dobladillo. Estaba haciendo *cannoli* cuando la cosí, y debió de salpicar un poco sin darme cuenta.

—No pasa nada. Me la llevaré y la limpiaré más tarde. Tengo que volver al trabajo.

Rose pareció disgustada.

—Esperaba que pudieras almorzar con nosotros.

—Lo siento, mamá. Hay una reunión importante de banqueros esta tarde y necesito estar allí para asegurarme de que todo está listo al detalle.

Sid se frotó las manos.

—Así tocaré a más *cannoli*.

Rose chasqueó la lengua y salió del dormitorio detrás de su esposo.

Cuando las voces de sus padres se perdieron por el pasillo, Kate fue a la puerta y la cerró.

—De acuerdo, puedes salir ya.

Brock salió despacio de debajo de la cama. Tenía el cabello ligeramente despeinado.

—Hacía mucho tiempo que no me escondía debajo de la cama de una chica —sonrió—. He sentido como si tuviera de nuevo dieciocho años.

Su sonrisa la hizo sentir un extraño revoloteo en el estómago.

—Me alegra saber que no soy la primera —le tendió la mano para ayudarlo a ponerse de pie, y el corazón le dio un vuelco cuando sintió su mano grande agarrada a la suya.

—Gracias —dijo mientras se estiraba del todo.

—De nada —contestó, e inmediatamente se afanó en quitarle unas pelusas que se le habían pegado al pelo.

Él avanzó un paso hacia ella mientras Kate le pasaba los dedos por los cortos y sedosos mechones. De pronto, Kate retiró la mano; aquel gesto resultaba un tanto íntimo.

—Lo siento.

—Yo también —dijo en tono ronco—. Siento que hayas parado.

Ella tragó saliva y se dio la vuelta.

—Necesito cambiarme de ropa y después encontrar el modo de sacarte de la casa. ¿Tienes reservada habitación en algún hotel?

—Todos los hoteles a los que llamé estaban completos. Esperaba poder quedarme aquí.

Ella se dio la vuelta.

—Eso no será posible, sobre todo porque pretendo darles una sorpresa. Y tienes razón en cuanto a los hoteles. En febrero se celebran un montón de convenciones en Seattle. Trabajo planificando reuniones y otro tipo de eventos en el Hotel Hartington.

—Eso he oído.

Kate asintió, consciente de que había escuchado cada palabra de la conversación que había mantenido con sus padres. Se preguntó cómo era que aún no le había preguntado nada sobre la falda. Después de todo, ella misma reconocía que era un poco extraño creer que una falda tenía el poder de buscarle a una mujer el hombre de sus sueños. Ella misma no lo habría creído de no haberlo visto con sus propios ojos. Por otra parte, tal vez Brock estuviera acostumbrado a tratar con mujeres desesperadas y no tuviera ganas de entrar en el tema.

—Paso la mayor parte del tiempo coordinando reuniones de negocios y conferencias, pero también organizo fiestas y banquetes. Allí es donde vamos a celebrar la fiesta del aniversario de bodas de mis padres —puso los brazos en jarras—. Pero para eso aún faltan dos semanas. ¿Qué piensas hacer mientras tanto?

Brock se encogió de hombros.

—Hacer turismo, tal vez una excursión a Whidbey Island; reencontrarme con la ciudad... —la miró detenidamente—. Y con algunos viejos amigos.

Más que sus palabras, fue aquel tono de voz lo que la hizo sentir un extraño cosquilleo en la piel. Kate se recordó con tesón que era la falda, solo la falda. No era cierto que Brock la deseara, solo estaba reaccionando ante las cualidades magnéticas de la falda.

—Tal vez pueda encontrarte una habitación en el Hartington —dijo, cambiando rápidamente de tema—. Solemos tener siempre alguna cancelación de última hora.

—Me parece perfecto.

—Bien. Entonces me cambio de ropa y podemos salir.

—¿Necesitas ayuda?

Kate se sonrojó, algo sorprendida ante la evidente fuerza del poder de seducción de la falda.

—Soy ya lo suficientemente mayor como para saber cambiarme de ropa sola, Brock —recogió el traje pantalón de lino que había sobre la cama—. Pero gracias por ofrecerte.

Abrió la puerta y volvió a cerrarla.

—¿Qué te parece? Mis padres siguen discutiendo sobre los *cannoli*.

—Entiendo perfectamente a Sid —dijo, acercándose a ella por detrás—. Los *cannoli* de tu madre son increíbles.

Su aliento cálido le acarició el cuello, provocándole un delicioso cosquilleo por todo el cuerpo. Tragó saliva con fuerza, y seguidamente volvió a asomarse por la rendija de la puerta.

—Acaban de entrar en su dormitorio... Ahora han cerrado la puerta. Es tu oportunidad para salir de la casa. Yo los distraeré si salen antes de que llegues a la entrada.

—De acuerdo —dijo, saliendo al pasillo, pero sin dejar de mirarla.

—Vete —gritó, dándole un empujoncito—. Antes de que te vean. Nos veremos esta
tarde en el Hotel Hartington, que está en
Yesler Way.

Brock sonrió.

—Estaré esperando.

Capítulo tres

BROCK entró detrás de Kate en el vestíbulo del Hartington, con la vista fija en el sensual bamboleo de sus caderas. Llevaba puesto un traje pantalón en lugar de la falda, pero con el pensamiento seguía viendo aquellas piernas largas y estilizadas, o el modo en que la seda de la prenda se ceñía a su trasero respingón. Se imaginó plantándole las manos allí mismo, y a Kate moviéndose contra su cuerpo...

Sacudió la cabeza para dejar de pensar en esas cosas. Brock se había sentido atraído por muchas mujeres, pero jamás había dejado que ninguna se inmiscuyera en el trabajo. Y su misión era de lo más sencilla. Tenía que echarle mano a esa falda. Desgraciadamente, parecía que iba a tener que acercarse a Kate para hacerlo.

Y eso no entraba en sus planes.

Mientras estaba en una misión, intentaba evitar relacionarse con la gente; de ese modo, todo resultaba menos imprevisible. Y por lo tanto, menos peligroso. Su rutina era localizar el objeto a recuperar, planear una estrategia para obtenerlo, y finalmente abandonar la zona antes de que nadie se diera cuenta.

Solo que nada había ido bien en aquel caso en particular. Había intentado dar con la residencia de Kate, pero no lo había conseguido. Por eso se había presentado en casa de los Talavera. Había sido fácil forzar la cerradura de la entrada, pero la persona que menos había esperado encontrarse dentro era a Kate.

Sobre todo, porque en nada se parecía a la Kate que él recordaba.

¿Cuándo se había pasado de ser una muchacha dulce y regordeta con una sonrisa de medio lado, a una mujer sensual y con una boca que volvería loco a cualquier hombre? Por no hablar de sus grandes ojos marrones, de las curvas generosas y de aquellas piernas largas.

El verla lo había convertido de un profesional con la cabeza fría, en un hombre que apenas podía pensar a derechas.

Kate conversó un momento con un empleado de recepción y entonces se volvió hacia él.

—Esta noche estamos completos, pero mañana se quedará libre una habitación. Así que creo que eso quiere decir que tendrás que quedarte en mi *suite*.

El pulso se le aceleró levemente al escuchar la invitación implícita en las palabras de Kate. Pero enseguida se recordó a sí mismo que debía pensar en el trabajo, solo en el trabajo.

—¿Estás segura de que no hay problema?

Kate sonrió.

—En absoluto. Estoy en una de las *suites* de los empleados, de modo que hay sitio de sobra.

Era el escenario perfecto. Estaría en la misma habitación que la falda. En cuanto Kate se durmiera esa noche, él se haría con ella y se metería en el primer avión que saliera de Seattle.

Solo que…

Solo que ella sabría que se la había robado él.

A Brock no solía importarle lo que la gente pensara de él. Pero sin saber por qué, la idea de que ella lo tuviera por ladrón, aparte de mentiroso, lo fastidió. Cuando pensaba en Kate contándole la historia al resto de los Talavera, se echaba a temblar.

Pero, ¿qué otra alternativa tenía? Si él no se llevaba la falda, lo haría otra persona.

Siguió a Kate al ascensor, que los llevó a la *suite* del tercer piso. Nada más entrar se accedía a una sala bien decorada, donde había un ordenador y un fax en una mesa de esquina. Al otro lado había una cocina empotrada con su pequeño frigorífico, microondas y cocinilla. Una puerta daba a un dormitorio, del cual salía un cuarto de baño de lujo.

—Qué bonito —dijo, dejando la maleta junto a la puerta.

—Es mi hogar desde hace un par de meses. Hemos estado tan ocupados en el hotel, que me resulta conveniente, ya que me paso la mayor parte del día trabajando.

Brock se cruzó de brazos.

—¿Dónde quieres que duerma?

Para sorpresa de él, Brock notó que Kate se ruborizaba. ¿Sería posible que él no fuera el único que estaba teniendo fantasías eróticas al pensar en la cama de matrimonio de la habitación de al lado?

—En el sofá. Tal vez te resulte algo incómodo, pero al menos es lo bastante largo para ti. Puedo pedir que lo cubran bien y que traigan algunos almohadones más.

—Me parece bien.

Aunque no tan bien como compartir la almohada con Kate. Pero uno no podía tenerlo todo.

Kate se acercó al ordenador.

—¿Te importa si miro mi correo, o quieres irte directamente a la cama?

—Creo que me daré una ducha si no te importa.

No le dijo que iba a ser de agua fría.

—Adelante.

En cuanto Kate estuvo sola en el salón, llamó a mantenimiento; seguidamente se sentó delante del ordenador. A los pocos minutos ya estaba bajándose el correo.

La mayoría de los mensajes estaban relacionados con las conferencias y reuniones de los días siguientes. Pero dos de ellos la hicieron incorporarse en la silla. Eran de Todd Winslow. Kate oyó el ruido de la ducha en el cuarto de baño y evitó en lo posible no imaginarse a Brock desnudo bajo el chorro de agua caliente.

Aspiró hondo y se centró en la pantalla que tenía delante. Abrió el primero de los mensajes de Todd. La primera frase la hizo sonreír.

Querida Kate, hoy ha llovido un poco aquí en Los Ángeles; pensé en ti y en ese clima tan estupendo que tenéis en Seattle. Tendré que comprarme un paraguas en las próximas dos semanas. No te creerías todas las cosas que he sacado para llevarme de viaje. Es como si fuera a mudarme de vuelta a casa. Eh, tal vez esa no sea tan mala idea.

Con cariño, Todd.

Era el típico correo de Todd. Se preocupaba de enviarle un correo todos los días. A veces solo para decirle hola. De vez en cuando le enviaba algún chiste o le contaba algún problema que tuviera en el trabajo. En las últimas semanas, sus mensajes se habían vuelto más personales. En varias ocasiones le había comentado las ganas que tenía de volver a verla.

Kate esperaba que reaccionara del mismo modo que Brock al verla con la falda. Solo de pensar en la pasión que había visto reflejada en los ojos grises de Brock, le dio un vuelco el corazón. Si la falda podía afectar a un hombre tan implacable como Brock Gannon, funcionaría con cualquiera.

Abrió el mensaje siguiente, sorprendida de que Todd le hubiera enviado dos correos el mismo día. Pero se quedó aún más sorprendida cuando lo leyó.

Kate, normalmente no soy una persona impulsiva, pero es tarde y estoy pensando en ti; por eso he decidido pedírtelo antes de acobardarme. ¿Querrás salir a cenar conmigo cuando llegue a Seattle?

Con cariño, Todd.

Kate se quedó mirando la pantalla, incapaz de creer lo que había leído. Le había pedido salir. Todd Winslow. El niño bonito del instituto. El dueño de una de las cadenas de televisión por cable más importantes del país.

Plantó ambas manos sobre la mesa donde descansaba el ordenador y aspiró hondo. Estaba ocurriendo. Estaba ocurriendo de verdad. ¡Y eso que aún no la había visto con la falda!

En cuanto la viera… podría pasar cualquier cosa. Chelsea y Gwen eran buena prueba de ello. En unas cuantas semanas sería Kate la que avanzaría por el pasillo central de la iglesia. Cerró los ojos y se imaginó la escena; vio la cara de felicidad del novio. Abrió los ojos al darse cuenta de que el hombre que la esperaba al altar no era Todd Winslow.

Era Brock Gannon.

Nerviosa, se levantó al mismo tiempo que sonaron unos suaves golpes a la puerta de su *suite*. Abrió a la mujer de mantenimiento y la ayudó a preparar el sofá. Había una explicación perfectamente lógica a la confusión entre Brock y Todd, pensaba mientras ahuecaba una almohada de plumón. Hacía más de diez años que no veía a Todd en persona, tan solo su imagen en televisión. En cambio, Brock estaba en la habitación de al lado. Y desnudo, por más señas. Y tenía que reconocer que se había convertido en un hombre de lo más apuesto. De acuerdo, tal vez apuesto no le hiciera justicia. Solo de mirarlo le daba por pensar en largas y apasionadas noches entre sábanas de seda. Pero cualquier mujer fantasearía con él. Era de lo más natural.

—¿Va a necesitar algo más, señorita Talavera? —preguntó la criada.

—No, gracias, Marva —contestó Kate, pasándole una propina—. Espera un momento —fue al dormitorio y sacó la falda del ropero—. ¿Podrías llevar esto a la tintorería? Tiene una pequeña mancha cerca del borde y tengo miedo de lavarla.

—Desde luego —dijo Marva, quitándole a Kate la percha de las manos—. Debería estar lista para el viernes.

—Voy a llamar a la tintorería por la mañana para darles un par de instrucciones, de modo que seguramente quedaré con ellos para ir a recogerla en persona.

—Muy bien, señorita Talavera.

En cuanto la mujer salió de la habitación, Kate se sentó delante del ordenador para aceptar la invitación de Todd. No estaban las cosas como para tener dudas.

Sobre todo, cuando sus sueños estaban a punto de hacerse realidad.

Sabía que Todd era el hombre ideal para ella. Era listo, se expresaba muy bien y tenía un negocio próspero. Prácticamente habían crecido juntos; aunque lo cierto era que no había pasado nunca demasiado tiempo con él, puesto que cada uno había salido con un grupo de amistades distinto. En realidad, más de una vez le había dado la impresión de que él había hecho lo posible para evitarla. Pero seguramente habría sido una paranoia de ella por el asunto de su sobrepeso. Además, los dos eran ya mayores; y más maduros. Había salido con muchos hombres poco apropiados como para no reconocer al adecuado cuando lo tenía delante.

Aunque en realidad no lo había visto, excepto en el *show* de televisión. Y solo había empezado a comunicarse con él recientemente. El ver de nuevo a Brock le recordó lo mucho que podía cambiar una persona. Desde luego, Brock no se parecía en nada al mismo muchacho recalcitrante que había estado castigado con la misma regularidad con la que les había vaciado el frigorífico.

Kate se sonrió, recordando lo mucho que Brock la había intrigado durante un tiempo. A los catorce años había descubierto los romances y, en su imaginación, el Brock Gannon de diecisiete años había encarnado perfectamente al héroe gótico: moreno, melancólico, algo peligroso.

Seguía teniendo una aire diablesco, aunque a ella ya no le daba miedo. En realidad, le provocaba precisamente lo contrario. Brock Gannon exhalaba una sensualidad primitiva que resultaba al mismo tiempo sobrecogedora y emocionante. Brillaba en sus ojos de un gris tempestuoso, en la mandíbula fuerte y en aquel modo de caminar, con una serenidad y confianza que hacían que otros hombres parecieran insignificantes a su lado. Kate no podía negar que lo encontraba fascinante.

—¿Qué estoy haciendo? —se dijo a sí misma en voz baja cuando se dio cuenta de que estaba pensando otra vez en Brock.

Se centró de nuevo en la pantalla y envió el mensaje antes de que empezaran a entrarle las dudas. Todd Winslow era el hombre ideal para ella.

Tenía que serlo.

El ruido de la puerta del cuarto de baño abriéndose hizo que Kate se diera la vuelta. Brock salió vestido tan solo con un par de pantalones de pijama de algodón atados a la altura de las caderas con un cordón. El vello oscuro del pecho le brillaba, cuajado de diminutas gotas de agua. El olor a jabón y a hombre flotó en el ambiente. Se había peinado el pelo hacia atrás y estaba descalzo.

—No quería interrumpirte —dijo, dirigiéndose hacia el sofá.

—No, ya he terminado.

Se puso de pie. De repente se le había

quedado la garganta seca. De acuerdo, tal vez Brock tuviera los hombros anchos, el estómago fuerte y plano, y los brazos musculosos. No era la primera vez que veía a un hombre desnudo. Y, aunque tal vez no tan espectacular como Brock, sí con las misma partes. Distintas imágenes de esas partes se le pasaron por la cabeza, y Kate se estremeció sin poderlo remediar.

Lo observó retirar la manta que cubría el sofá cama, y seguidamente tumbarse y acomodar la cabeza sobre la almohada. Se tapó hasta la cintura, de modo que solo se le veía el pecho desnudo, dando la impresión de que estuviera desnudo bajo la manta.

Kate tragó saliva.

—¿Qué tal la ducha?

—Refrescante.

Kate se volvió y apagó el ordenador. Tal vez compartir la *suite* con Brock no fuera tan buena idea, después de todo. Le daba por pensar en tonterías.

—Creo que me iré a la cama. Ha sido un día agotador.

—Buenas noches, Kate.

—Buenas noches —contestó ella, y casi salió corriendo de la sala.

Cerró la puerta de su dormitorio, se apoyó sobre ella y aspiró hondo varias veces. ¿Por qué tenía que aparecer Brock Gannon de nuevo en su vida? ¿Por qué tenía que hacerla dudar acerca de ese futuro perfecto que había planeado?

—Dos semanas —dijo en voz baja mientras se quitaba el traje pantalón y lo colgaba del armario. Entonces sacó de un cajón de la cómoda su camisón favorito. Era una chaqueta de pijama de hombre a rayas que le llegaba casi por la rodilla.

Tiró del edredón y se metió en la cama.

—Dentro de dos semanas Brock se habrá marchado y yo me olvidaré de él.

Si tenía suerte, en dos semanas estaría haciendo planes de boda. Señora de Todd Winslow. Le sonaba bien. Pero cuando cerró los ojos, volvió a ver a Brock Gannon de pie ante el altar.

Brock hizo una mueca al girar el pomo de la puerta del dormitorio. Esperaba que el ligero chirrido no hubiera despertado a Kate. Entró sigilosamente en la habitación e hizo una pausa hasta que su mirada se acostumbró a la oscuridad. Pasados unos momentos vio la esbelta figura de Kate tendida sobre la cama. Oyó el ritmo regular de su suave respiración. Vio la sombra de los sedosos bucles de su melena sobre la almohada. Dormía de lado, con las dos manos descansando bajo la mejilla. Tenía los labios sonrosados ligeramente entreabiertos, listos para ser besados...

Se volvió hacia el ropero antes de que le diera por olvidar la verdadera razón de su visita a Seattle. Había llegado el momento de hacerse con la falda y salir sin dilación de la vida de Kate. Distanciarse de ella tres mil kilómetros sería mejor que una ducha de agua fría. Al menos eso esperaba.

Brock avanzó silenciosamente hacia el ropero y abrió despacio la puerta abatible. Rebuscó con rapidez entre las perchas de vestidos y trajes pantalón. De pronto, Kate se dio la vuelta en la cama y suspiró lánguidamente. El sonido lo excitó al instante.

Era el mismo sonido que hacía una mujer cuando un hombre la tocaba en los lugares adecuados.

Brock empezó a sudar ligeramente y se volvió de nuevo hacia el ropero. ¿Dónde diablos estaba la falda? Buscó entre las prendas de nuevo, esa vez con más cuidado; pero finalmente se dio por vencido y cerró el ropero. No estaba allí. Maldita sea.

Se volvió a mirar a Kate, preguntándose si la habría escondido en algún sitio. Pero, ¿dónde? En ese momento ella abrió los ojos, y al verlo soltó un gritito entrecortado. Se sentó en la cama, asustada.

—No pasa nada —susurró, y se dio cuenta de que aquella era la segunda vez que la asustaba en menos de veinticuatro horas.

—Brock —susurró en tono ronco y adormilado; se volvió a encender la lámpara y la luz inundó el dormitorio—. ¿Qué estás haciendo en mi dormitorio?

—Te oí gritar —improvisó, y se acercó a la cama—. Pensé que tenías una pesadilla.

—Ah —se volvió a ruborizar y bajó la vista—. No, no era una pesadilla. Tan solo un sueño.

Aquella misión estaba resultando una auténtica tortura. Kate estaba en la cama a tan solo medio metro de él. Tenía el cabello revuelto y las mejillas sonrosadas. En ese momento se pasó la lengua por los labios y Brock se estremeció de arriba abajo.

Entonces se sentó a su lado en la cama para disimular su evidente estado de excitación. Estiró el brazo y le levantó suavemente la barbilla.

—¿Estás segura?

Ella lo miró a los ojos y se humedeció los labios.

—Totalmente.

—Me alegro —respondió en tono ronco.

Entonces se inclinó hacia delante, incapaz de contenerse. Él era un hombre y la tentación demasiado grande. Salvó la distancia que los separaba y sus labios se unieron a los de ella.

Su sabor era aún mejor de lo que había imaginado. Sus manos encontraron su cintura y la besó con más pasión, mordisqueándole el labio inferior con fuerza. Ella volvió a emitir aquel sonido de nuevo, e instantáneamente su cuerpo reaccionó.

Al final ella se apartó de él y lo miró con sus grandes ojos marrones llenos de confusión.

—No creo que esto sea buena idea.

Él estaba totalmente de acuerdo, pero aun así le hizo la pregunta.

—¿Por qué no?

—Estoy con alguien —dijo, y seguidamente se aclaró la voz—. Más o menos. No quiero complicaciones en mi vida en este momento.

—El hombre de quien hablaste a tus padres —adivinó—. El que se supone que debe verte con esa falda.

Ella asintió.

—Creo que es el hombre que necesito.

Brock quería hacerla cambiar de opinión. Y conocía una docena de maneras de hacerlo. Caminos que los llevarían a alcanzar la satisfacción plena. Pero algo lo hizo contenerse. Un insidioso sentido de la integridad que jamás había dejado que lo afectara en su trabajo.

Se puso derecho y se apartó de la cama.

—Entonces será mejor que te dé las buenas noches.

—Buenas noches, Brock.

Salió del dormitorio y cerró la puerta. Quería la falda. Quería a Kate. Pero ni tenía la primera en sus manos, ni podía tener a la segunda. Aquella misión se complicaba por momentos.

Fue al cuarto de baño a darse la segunda ducha fría.

Capítulo cuatro

AL día siguiente, Kate iba sentada en el asiento trasero de un taxi, con la agenda abierta sobre el regazo. Acababa de estar en la Pastelería El Goloso, donde había seleccionado una tarta de seis pisos para el aniversario de sus padres. Tachó el apunte en la lista, pero aún le quedaban tantos recados por hacer…

El taxi tomó una curva pronunciada y Kate se bamboleó junto con la falda negra, que colgaba del gancho de la ventana protegida por el plástico de la tintorería. Se le encogió el estómago al pensar en la próxima vez que la llevaría puesta. Sería en su cita con Todd. El hombre que tal vez fuera un día el padre de sus hijos.

Metió la mano en el bolso para sacar una tableta de antiácido, deseando no haber probado tantas muestras de tartas en la pastelería. Finalmente había escogido la de frambuesas y chocolate cubierta de nata montada con pedazos de chocolate. Era deliciosa y elegante.

En la pastelería no había podido evitar echar un vistazo al catálogo de tartas nupciales. La pastelería exigía al menos un aviso de dos semanas para encargar la tarta nupcial, de modo que tendría que considerar eso cuando ella y Todd fijaran la fecha de su boda. Esperaba que fuera una de esas personas a las que le gustaban los noviazgos cortos. Kate quería casarse antes de que alguno de los dos empezara a arrepentirse.

El taxi se detuvo delante del hotel.

—Cinco dólares con once —dijo el taxista.

Unos golpecillos en la ventana del taxi le hicieron levantar la vista del bolso. Brock Gannon estaba allí mismo. Llevaba gafas de sol oscuras. Cuando le sonrió y se le formó un hoyuelo en la mejilla, Kate dejó de pensar con sensatez.

Brock abrió la puerta del taxi.

—Te estaba esperando.

—Brock —tragó saliva—. ¿Qué haces aquí?

—He venido a invitarte a comer.

Kate echó mano de su agenda.

—¿Teníamos una cita? —preguntó, ruborizándose sin poder evitarlo.

—Cinco dólares —le recordó el taxista con cierta irritación.

—Ah, sí —dijo Kate, y empezó a buscar un billete entre el fajo que tenía en la mano.

El bolso se le cayó del regazo y el contenido se desparramó por el suelo sucio del taxi.

Mientras metía todas las cosas rápidamente en el bolso, Brock se sacó la cartera y le dio al taxista los cinco dólares. Además le entregó una propina de dos más, algo mucho más generoso de lo que Kate había tenido intención de darle, dada la innecesaria brusquedad con la que había conducido durante todo el camino. En su trabajo, Kate había aprendido a valorar lo que era un buen servicio al cliente.

Salió del taxi con el corazón latiéndole aceleradamente a causa de la sorpresa que le había causado ver de nuevo a Brock, se dijo para sus adentros mientras el taxi arrancaba y se alejaba de allí. Y por lo mucho que había cambiado. Ese día llevaba unos vaqueros ceñidos y una camisa polo negra que empujaría a cualquier mujer a pensar en el placer en lugar de los negocios. Aún no se había acostumbrado al cambio que había trasformado su delgada complexión de adolescente en un cuerpo musculoso y bien formado. Kate bajó la vista disimuladamente. Desde luego, también rellenaba muy bien los vaqueros.

—¿Kate?

Ella levantó la cabeza con ímpetu, dándose cuenta de que se había detenido a mirarlo unos segundos de más. La sonrisa de Brock le dio a entender que se había dado cuenta. Claro que ella no pensaba reconocerlo.

—¿Sí?

—¿Tienes hambre?

Por alguna razón, esas tres palabras inocentes adoptaron un significado totalmente distinto. Ella había sentido en otras ocasiones atracción hacia los hombres, pero jamás había experimentado nada semejante a aquello. Tenía que haber una explicación.

—Pensé que podríamos ir a la cafetería de allí enfrente —dijo Brock cuando ella no contestó a su pregunta—. A no ser que se te ocurra algo mejor.

Kate lo miró a los ojos, mientras se decía para sus adentros que debía reaccionar.

—Ya he comido un poco de tarta.

Brock sonrió.

—Qué nutritivo.

Brock la miró de tal modo, que dejó a Kate sin respiración.

—Tenía frambuesas, y la fruta es buena para el organismo. Muy saludable.

Kate percibió el brillo de deseo en sus ojos, cosa que la sorprendió. Sobre todo porque ni siquiera llevaba la falda puesta.

La falda.

Kate se miró las manos, en las que tan solo llevaba el bolso y la agenda de cuero. Entonces se volvió con la esperanza de ver la bolsa de la tintorería en la acera detrás de ella.

—¡Oh, no!

—¿Ocurre algo malo? —le preguntó él.

—¿Que si ocurre algo malo? —repitió mientras se le revolvía del todo el estómago—. ¿Algo malo? Sí, ocurre algo horrible. ¡Ese taxi acaba de llevarse mi falda!

—Pero hoy llevas pantalones —dijo, mirándola de arriba abajo por segunda vez.

Kate se miró el traje pantalón azul cobalto, preguntándose por qué lo encontraba Brock tan fascinante. Pero no tenía tiempo de pensar en eso. El taxista se había llevado la falda y ella tenía que encontrarla. Todo su futuro dependía de esa falda.

—Acababa de recoger mi falda de la tintorería. ¡La falda que iba a cambiarme la vida!

Se dirigió hacia la cabina de teléfonos de la esquina; no quería subir a su despacho de la planta quinta del hotel y perder más tiempo.

Brock entendió lo que ella estaba pensando. Se metió la mano en el bolsillo y sacó unas monedas.

—Buscaré el número —se ofreció Brock, que entró en la cabina y, sin perder un segundo, empezó a buscar el número en una guía que colgaba de un alambre.

—Gracias —contestó, mientras aspiraba el aroma especiado de su loción para después del afeitado.

La cabina era pequeña y Brock bastante grande, de modo que sus cuerpos se rozaron irremediablemente. Una vez, y luego otra. Kate sintió un intenso calor que se extendió desde su vientre hasta las piernas y los brazos, consiguiendo que le temblaran ligeramente las manos mientras introducía una moneda en la ranura del teléfono.

Brock buscó en las páginas de la guía.

—Aquí está el número: 5558989.

Kate marcó los números, consciente todo el tiempo de la proximidad de Brock. Un paso más y la tendría pegada a la pared de la cabina. Solo de pensarlo sintió que se derretía por dentro. Así que le dio la espalda, intentando tranquilizarse y centrarse en lo que tenía entre manos.

—Días Felices —contestó un hombre después del décimo tono.

—Me llamo Kate Talavera —empezó a decir, enrollándose el cable del teléfono en un dedo—, y acabo de bajar de uno de sus taxis.

—Lo siento, señorita, todas las quejas deben ir por escrito.

—¡No, espere! —gritó antes de que el hombre colgara—. No he llamado para quejarme. Me he dejado algo en uno de sus taxis.

—No hay problema —dijo el hombre—. ¿Puede decirme dónde se ha apeado?

—Estoy en la esquina de Yesler Way con Madison.

—Espere un momento mientras compruebo la tabla.

Kate esperó con impaciencia mientras sonaba el hilo musical.

—¿Y bien? —le preguntó Brock—. ¿Qué te ha dicho?

—Está mirándolo —contestó al momento, consciente del calor que hacía en la cabina; las paredes de plexiglás se estaban empañando.

El hombre volvió a la línea.

—De acuerdo, estaba usted en el taxi de Archie, el número 513. ¿Puede describir el artículo que ha perdido?

—Es una falda. Una falda muy especial.

—Nos hará falta una descripción exacta.

—Es negra, con un hilo negro brillante entretejido —dijo, preguntándose cuántas faldas se dejaría la gente en los taxis Días Felices—. Y está metida en una bolsa de la tintorería. Tintorería Lemburg.

—Deje que llame por radio a Archie para decírselo —dijo el hombre, poniéndola de nuevo en espera.

—Olvidaste mencionar que es una falda de lo más *sexy* —Brock le susurró al oído—. O tal vez debería puntualizar: tú con esa falda.

Se volvió y estaban tan cerca, que las solapas de su chaqueta rozaban con la pechera de la camisa de Brock. Por primera vez se dio cuenta de que apenas le llegaba a la barbilla. Era una sensación extraña y envolvente. Se estrujó el cerebro buscando algo que decir.

—Te has hecho mayor, Brock.

—Yo diría que los dos hemos cambiado mucho en estos últimos doce años.

Desde luego, él nunca la había mirado así cuando ella tenía quince años. Claro que, en esa época, Brock y Tony habían estado demasiado ocupados persiguiendo a chicas de su edad. Kate imaginó la cantidad de mujeres que Brock habría conocido cuando se había alistado en la marina. Sin duda habría dejado una larga lista de corazones rotos por todo el mundo.

—Entonces, ¿tu falda está en el taxi? —preguntó Brock, que en ese momento le colocó bien la solapa que tenía torcida.

Los dedos le rozaron ligeramente un seno, y Kate sintió un agradable cosquilleo. Colocó la mano sobre el micrófono del teléfono, fingiendo que su cercanía no la afectaba en absoluto.

—Está llamando al conductor del taxi.

Brock apoyó la mano en la pared de plexiglás por encima de la cabeza de Kate y se inclinó hacia ella aún más.

—Hueles de maravilla.

—Es un perfume nuevo —susurró Kate, notando que las rodillas empezaban a fallarle.

—Me gusta. ¿Cómo se llama?

Se humedeció los labios involuntariamente, y vio que él se fijaba en ellos.

—Seducción.

Brock se movió ligeramente, y Kate estuvo segura de que iba a besarla. Aguantó la respiración, pero entonces oyó de nuevo la voz aguardentosa del hombre de la compañía de taxis. Brock debió oírla también, porque se apartó en ese momento, y Kate bajó la vista para centrarse en la conversación.

—Archie no contesta por radio —dijo el hombre, al tiempo que se oyó el ruido de un claxon de fondo—. Probablemente se ha tomado un descanso para ir al servicio. El pobre tiene muchos problemas con la próstata. Parece que tiene que estar orinando cada dos por tres.

Kate pensó que no le hacía falta tanta información.

—¿Qué es exactamente lo que hay que hacer cuando alguien se deja algo en uno de sus taxis?

—Los conductores deben devolver cualquier artículo al departamento de objetos perdidos.

—¿Enseguida? Quiero decir, ¿es posible que aún esté por ahí conduciendo con mi falda?

—Seguramente. Lo más probable es que ni siquiera se haya dado cuenta de que la lleva. Recuerdo una vez que una mujer...

—Tengo un poco de prisa —lo interrumpió Kate, antes de que el hombre se lanzara a contarle una historia—. ¿Puede llamarlo por radio otra vez? Es muy importante para mí.

—Su turno va a terminar pronto, llegará de un momento a otro. Si quiere pasarse por aquí, podrá recoger usted misma su falda.

—Voy para allá.

Colgó el teléfono y entonces se dio la vuelta, chocándose con Brock, que seguía allí con ella. Él la agarró por la cintura con sus manos fuertes para que ella no se cayese.

—¿Vas a la empresa de taxis?

Ella asintió, demasiado consciente de la fuerza de sus manos, del calor de sus dedos.

—Ha dicho que el taxi llegará dentro de un momento porque termina su turno.

—Te llevaré.

Ella respiró hondo, sin saber si quería que la soltara o que la abrazase.

—Insisto —finalmente se apartó de ella—. Es culpa mía que te hayas dejado la falda en el taxi. Yo te distraje.

Eso era decir poco. Asintió con vacilación, pensando que prefería no sacar su coche del aparcamiento del hotel. Salieron de la cabina y lo siguió hasta donde tenía aparcado el coche. Aún sentía un cosquilleo en la piel, donde él la había tocado.

Brock le abrió la puerta. Había alquilado un Camaro descapotable nuevo, de color plateado, casi del mismo color que sus ojos. Los asientos eran de cuero gris perla. Kate se deslizó sobre el mullido asiento mientras Brock daba la vuelta hacia el lado del conductor.

—¿Estás seguro de que no te importa montarme en tu coche? —le preguntó cuando él se sentó a su lado.

Él esbozó una de esas sonrisas que quitaban el hipo.

—No se me ocurre nada que me apetezca más.

Capítulo cinco

BROCK y Kate recorrieron las tres manzanas que había desde donde habían aparcado hasta la empresa Días Felices. Llovía a cántaros y, cuando llegaron, estaban totalmente empapados.

El olor a cerrado y humedad del interior del edificio no era mucho mejor, pero al menos no llovía.

—Este, desde luego, no es mi día —dijo Kate, retirándose un mechón empapado de la frente—. Primero pierdo la falda y ahora me estropeo el traje pantalón.

Brock se fijó en la parte delantera del traje de seda, donde el tejido mojado se moldeaba a sus pechos. Se olvidó de la lluvia, del olor a cerrado y de la misión que había ido a hacer allí, y avanzó hacia ella. Un grave silbido lo hizo levantar la cabeza, y vio una fila de hombres junto a unas máquinas expendedoras, mirando a Kate con lascivia.

—Toma —dijo mientras se quitaba la cazadora—. No puedo creer que salieras del hotel sin abrigo.

—No tengo frío —contestó mientras se peinaba con los dedos.

—Pues algunas partes de tu cuerpo sí lo tienen.

Kate bajó la vista y se sonrojó. Le quitó la cazadora de las manos y se la puso, cerrándosela con fuerza.

—Gracias.

—De nada.

La siguió hasta la mesa de recepción, intentando no pensar en lo bien que le quedaba el traje pantalón. O en lo bien que estaría sin él. No tenía tiempo para un lío. Además, Kate no era de esa clase de chicas. Al menos no lo había sido doce años atrás. En aquella época había sido tímida. Algo regordeta. Y siempre se metía en su habitación cada vez que él aparecía por su casa. Había cambiado mucho desde entonces.

Pero, ¿y él?

La profesión de Brock era casi tan turbia como su pasado. Y, aparte de una noche de pasión, ¿qué más podría ofrecerle a una mujer como Kate? Ella pertenecía a una buena familia, profundamente enraizada en la sociedad de Seattle. Él era como una aulaga, siempre yendo de un lado a otro.

Pero, ¿y si ella lo deseaba tanto como él a ella?

Sacudió la cabeza para librarse de aquellas fantasías. Le había dejado bien claro lo que sentía la noche anterior. Bien claro le había dicho que aquello no era una buena idea.

Kate se acercó a la mesa.

—Soy Kate Talavera —le dijo al hombre—. Acabo de llamar en relación a una falda que me dejé olvidada en uno de sus taxis.

—De acuerdo —dijo el hombre, señalando con el pulgar detrás de él—. Archie llegó hace unos minutos. Está en el despacho del encargado hecho una furia.

—¿Por qué? —preguntó Brock con aprensión.

—Lo siento, es un asunto de la empresa. Puedo anotar su número para que él los llame.

—Preferiríamos hablar con él ahora —Brock se encaminó hacia la puerta del despacho antes de que el hombre pudiera discutir con él.

Kate lo siguió.

—Tal vez lo vayan a despedir. Desde luego, no conducía demasiado bien.

—Espero que sea eso y no otra cosa —dijo Brock, que acto seguido abrió la puerta del despacho sin llamar.

El taxista estaba solo en el despacho, con una bolsa de hielo en la nuca. Levantó la vista al oírlos entrar.

—No se lo van a creer. ¿En qué clase de mundo vivimos cuando las señoras mayores van por ahí atracando a la gente?

—¿Lo ha atracado? —preguntó Kate, sorprendida.

—Me dio un golpe en la nuca con el bolso. Debía de tener un ladrillo dentro. Entonces me limpió el taxi. Se lo llevó todo. El dinero, las cubiertas de los asientos, la linterna que llevo en la guantera. Incluso un maldito plano de la ciudad. ¿Cómo puede estar la gente tan desesperada?

—¿Y mi falda? —le preguntó Kate, avanzando hacia él—. ¿Se llevó mi falda?

Archie se arrellanó en el asiento.

—Sí, se llevó todo. ¡Menos mal que utilizo un pegamento muy fuerte para fijarme el tupé, si no también se lo habría llevado!

Kate se derrumbó.

—No puedo creerlo.

—Pues créalo, señorita. En las calles ya nadie está seguro. Imagínense una dulce abuelita por ahí robando a la gente. ¡No es normal!

—¿Recuerda su aspecto? —preguntó Brock.

—Por supuesto —Archie hizo una mueca de dolor al colocarse la bolsa de la cabeza donde lo habían golpeado—. Era regordeta y tenía los ojos azules. Parecía la señora de Santa Claus. Con un aspecto de lo más inocente. Incluso llevaba gafas. Eso me despistó.

—¿Dijo algo? —preguntó Kate.

—Qué va. No quiso charlar conmigo. Tan solo se metió en el taxi en la esquina de Madison con la Décima Avenida y me pidió que la llevara a la Calle Myrtle. Acababa de parar junto a la acera cuando me golpeó con el bolso. Y me hizo daño.

—Tal vez debería ir al médico.

—Hasta que no hable con la policía no iré a ningún sitio. Están en camino. Claro, que no parecen tener demasiada prisa.

—¿Podemos echar un vistazo a su taxi? —le preguntó Brock.

—Como gusten —respondió el taxista—. Está aparcado en la parte de atrás del garaje. Número 513. Pero la falda no está ahí. Se lo llevó todo.

Kate se metió la mano en el bolso y sacó su tarjeta.

—¿Hará el favor de llamarme si recibe alguna información acerca de la ladrona? Es muy importante.

—Esa falda debe significar mucho para usted —dijo Archie pensativamente mientras aceptaba la tarjeta—. Llevo veinte años con la misma gorra y sigue nueva. Imagino que no sería capaz de conducir sin ella.

—Gracias por su ayuda —dijo Kate, y salió del despacho después de Brock—. Bueno, y ahora, ¿qué? —suspiró—. ¿Crees que debería denunciarlo a la policía?

—Creo que llegaremos más lejos por nuestra cuenta.

Se encaminó hacia la parte trasera del garaje, donde enseguida vio el coche 513.

—Espera un momento, Brock. ¿Qué quieres decir con «nosotros»? Este no es problema tuyo.

Él se volvió hacia ella.

—¿Crees de verdad que voy a dejar que busques tu sola a una ladrona tan peligrosa?

—Es una señora mayor.

—Que golpea a la gente en la cabeza con el bolso.

Abrió la puerta del conductor y se asomó dentro.

—No creo que debas tocar nada —lo advirtió Kate—. La policía querrá tomar huellas.

Brock miró los asientos traseros.

—La policía no podrá diferencias las huellas de la atracadora de las de las cientos de personas que han tomado este taxi, incluidas las tuyas.

—Tienes razón.

Volvió la cabeza y la miró.

—¿Estaba limpio el taxi cuando te montaste?

—El suelo estaba sucio, lleno de grava y arenilla. ¿Por qué?

—Porque creo que podríamos haber encontrado nuestra primera pista —salió del taxi y abrió la puerta de atrás. Entonces señaló una taza de papel arrugada en el suelo—.¿Estaba eso en el suelo?

En la superficie de la taza estaban impresas las palabras Perk Up Cafe.

—No lo vi cuando se me cayó el bolso al suelo.

—¿Hay una cafetería en la esquina de Madison y la Décima Avenida?

Kate abrió mucho los ojos.

—Sí. Justo en la esquina.

Brock sonrió.

—Adivina dónde te voy a invitar a almorzar.

Kate dio un bocado a su sándwich de ensaladilla de atún. El aroma del capuchino que tenía delante le incitó el olfato.

—¡Qué rico! —exclamó, saboreando el sándwich.

—Al menos nuestra ladrona tiene buen gusto —dijo Brock antes de morder un buen pedazo de su sándwich de ternera con queso.

Kate suspiró.

—Ojalá no nos hubiéramos quedado sin pistas. El encargado jura que no ha visto a nadie que coincida con su descripción.

—¿Ya quieres darte por vencida? —preguntó Brock.

Ella sacudió la cabeza.

—No pienso parar hasta recuperar la falda.

Brock se limpió la boca con una servilleta de papel; entonces se arrellanó en el asiento.

—¿No crees que es hora de que me cuentes algo más de esa falda? ¿Por qué es tan importante para ti?

Kate dejó su sándwich sobre el plato de papel. Se había temido que Brock acabaría haciéndole esa pregunta. Se cerró un poco la cazadora que Brock le había prestado y un leve aroma a su perfume emanó de la prenda. ¿Por qué de repente su plan para seducir a Todd con la falda le parecía tan ridículo?

—No tienes por qué contármelo —dijo Brock al ver que seguía callada.

—Me imagino que debes estar preguntándote a qué se debe tanto revuelo.

—Creo que ya lo sé. Estaba escondido debajo de tu cama la otra tarde, ¿recuerdas?

¿Cómo iba a olvidarlo?

—Supongo que pensarás que es una tontería creer que una falda puede hacer que una mujer consiga el amor de un hombre.

—Sí.

Kate se inclinó hacia delante y retiró su plato.

—Bien, pues si hubieras visto lo que le pasó a Torrie, a Chelsea y a Gwen, entonces lo creerías.

—¿Quiénes son Chelsea, Torrie y Gwen?

—Mis mejores amigas de la facultad. Todas se pusieron la falda, y entonces... ¡zas! —chasqueó los dedos—. Todas encontraron al amor de su vida.

—A mí me parece una simple coincidencia. O, más bien, el poder de pensar en positivo. Cada una esperaba encontrar a un hombre cuando llevaban la falda puesta, así que lo hicieron.

—Por favor. Hoy en día no resulta tan sencillo encontrar un buen partido. Créeme, yo lo sé.

—Tal vez no hayas buscado bien.

—Tal vez. La cosa es que estoy convencida de que finalmente he encontrado al hombre adecuado. Solo quiero la falda para sellar el trato.

—¿El trato? —Brock arqueó una ceja—. Qué romántico —añadió con sorna.

Kate sonrió.

—Bueno, los tratos son la especialidad de este hombre. Es dueño de un negocio muy próspero.

Brock no parecía impresionado. Lo cual

solo hizo reforzarla en su decisión de no decirle el nombre de su príncipe azul. Tal vez siguiera aún algo resentido al haber sido expulsado del instituto por culpa de Todd Winslow. Sobre todo porque Todd no había sufrido consecuencia alguna por la pelea. Había permanecido en el instituto y se había graduado el primero de la clase.

—Supongo que es tu vida —dijo por fin.

—Exactamente. Por eso soy perfectamente capaz de encontrar la falda yo sola.

Él sacudió la cabeza.

—No. Te dije que te ayudaría y soy un hombre de palabra —Brock tiró la servilleta en el plato vacío y seguidamente llamó al camarero por señas—. Nos puede traer ya la cuenta.

—Sí, señor —el camarero rebuscó entre las facturas que tenía en el bolsillo, y segundos después sacó una—. ¿Van a querer algo más?

—Sí —contestó Brock y abrió la cartera—. Le daré una propina generosa si nos facilita cierta información.

El camarero miró hacia el encargado que estaba detrás de la barra y se acercó un poco más a la mesa.

—¿Qué clase de información?

Brock dejó un billete de cien dólares sobre la mesa.

—Estamos buscando a una de sus clientes. No sé si viene a menudo, pero ha estado aquí esta mañana y compró un café para llevar.

El camarero miró abrumado el billete.

—Aquí entran docenas de clientes a cada momento.

—Esta era una señora mayor. Llevaba bifocales. Parece Santa Claus en mujer.

El camarero sonrió de oreja a oreja.

—Oh, sí, ahora la recuerdo. Pidió un café expreso doble y un bollo de pasas y mantequilla.

—¿Sabe cómo se llama?

El camarero sacudió la cabeza.

—No, pero viene aquí todos los martes y jueves alrededor del mediodía y pide algo para llevar. Muchos de los que juegan lo hacen.

—¿De los que juegan? —repitió Kate.

—Al bingo —explicó el camarero—. Hay un bingo un poco más abajo, en esta misma calle. Tienen un bingo especial para la tercera edad dos veces por semana. Por eso viene tanta gente mayor.

—¿Y cree que la señora salía de allí?

El camarero asintió.

—Llevaba puesta una camiseta con el logotipo del bingo, si eso les dice algo.

—Gracias —respondió Brock, empujando

el billete hacia el camarero—. Nos ha sido de gran ayuda.

Kate miró a Brock; el camarero les retiró los platos y los dejó.

—No puedo creerlo.

Él sonrió.

—Es alucinante lo que uno puede descubrir si habla con las personas adecuadas.

—No es eso. No puedo creer que te hayas gastado cien dólares para encontrar mi falda. ¿Podrías empezar con uno de veinticinco la próxima vez? No llevo encima tanto dinero; tendré que darte un cheque.

—Olvídalo —dijo mientras se ponía de pie.

—No puedo olvidarlo —contestó ella mientras cruzaban la puerta del local—. Te lo debo. Estoy buscando una falda que me va a ayudar a ganarme al hombre de mis sueños, y acabas de gastarte cien dólares para ayudarme a encontrarla. Quiero saber por qué.

Cuando estuvieron en la acera, se volvió para mirarla.

—¿Estás segura de que quieres saber la razón?

La miraba con tanta intensidad, que Kate tragó saliva.

—Sí. Estoy segura.

Dio un paso en dirección a ella y con una

mano le apartó un mechón de pelo de la cara.

—Porque creo que no puedo contenerme.

Kate pestañeó. Entonces lo entendió. Era la falda. Se la había visto puesta la noche pasada y estaba claro que aún duraba el efecto. Intentó ignorar la punzada de decepción que sintió al darse cuenta de que su atracción no era genuina.

Aspiró hondo.

—Entonces solo queda una cosa por hacer.

Él, que no había apartado la mano de su cabello, le acarició la mejilla, y Kate se estremeció.

—¿El qué?

Aspiró hondo, al tiempo que un centenar de imágenes eróticas se le pasaban por la mente.

—Ir al bingo.

Capítulo seis

BROCK sacó otro billete de cien dólares de la cartera y se lo pasó a la guarda del bingo.

—Tal vez esto le refresque la memoria.

A la mujer se le iluminó la cara y se dispuso a agarrar el billete.

—Sabe, creo que sí recuerdo a una mujer que parece la señora Santa Claus. Regordeta, con el pelo blanco y lentes bifocales. Siempre juega diez cartones al mismo tiempo. Para eso hay que tener muchísima habilidad.

Pero Brock retiró el billete a tiempo.

—Necesitamos que nos dé un nombre.

La mujer arrugó el entrecejo mientras se estrujaba el cerebro intentando recordarlo.

—Clarks… no. Clarkson. Petula Clarkson. Ese es el nombre que utiliza cuando firma cada semana. Me acuerdo porque Petula Clark era una de las cantantes favoritas de mi marido. A mí me gustaba más Perry Como.

A Brock se le aceleró el pulso. ¿Estarían por fin a punto de recuperar la falda?

—Supongo que no tendrá su número de teléfono o dirección a mano.

La mujer negó con la cabeza.

—No. Pero, ¿cuántas Petulas Clarkson puede haber en la ciudad?

Veinte minutos después, Kate y Brock tenían la respuesta a esa pregunta.

—Hay diez personas que figuran como P. Clarkson en la guía —Brock arrancó la página de la guía y salió de la cabina.

Kate estaba junto a su coche.

—¿Diez? ¿Por dónde empezamos?

—Por el principio.

Se metieron en el coche. Brock tomó su teléfono móvil y marcó el primer número de la lista.

—¿Podría hablar con Petula, por favor? —vaciló un momento—. De acuerdo, gracias.

—¿No hay ninguna Petula?

—No —miró la página y marcó el número siguiente—. Solo nos quedan nueve.

Kate, sentada en el asiento de acompañante, pasó la mano por la suave tapicería de cuero.

—No te he preguntado a qué te dedicas.

Brock la miró un momento.

—Me dedico a los repuestos de automóviles.

¿Repuestos de automóviles? ¿Y cómo podía permitirse un coche como aquel con ese trabajo?

—Lo siento —dijo Brock por teléfono—.

Me he equivocado.

Lo estudió mientras apretaba los botones del móvil. Brock era tan poco comunicativo de mayor como lo había sido de adolescente. Jamás contaba nada de sí mismo, aunque parecía sentir una curiosidad de lo más inusual por la vida de Kate. Sin embargo, nadie podía negar que era un hombre tremendamente atractivo. Kate se fijó en sus manos fuertes, una de ellas agarrando el teléfono, la otra el volante. Y al mirar aquellos dedos anchos y esbeltos, sintió deseos de ser acariciada. Cerró los ojos, intentando desterrar la irresistible atracción que parecía ejercer sobre ella.

Pero no le sirvió de mucho. El atractivo de Brock iba más allá de lo meramente físico. Había en él una fuerza, una firmeza de carácter que una mujer ya no encontraba en los hombres. No le importaba ser él mismo, perseguir lo que quería. Kate lo había visto ese día, cuando le había sacado información al taxista, al camarero y a la empleada del bingo. Era algo más que su dinero lo que los hacía hablar. Era aquel aire de seguridad en sí mismo que irradiaba.

—¿Quién eres en realidad? —le preguntó después de que él marcara otro número.

Brock se volvió despacio y la miró.

—¿Qué quieres decir? Ya sabes quién soy.

Repentinamente, la tensión se palpó en el coche. Kate sabía que su instinto no la había traicionado.

—No te dedicas a los repuestos de automóviles. No te imagino vendiendo piezas de coches usados a la gente.

Él sonrió con pesar.

—Supongo que si no he podido convencerte a ti, difícilmente podría dedicarme a vender.

Ella arqueó una ceja.

—¿Por qué ibas a tener que convenceme? ¿Por qué no me dices la verdad y punto?

Él vaciló, cerró un momento el móvil y se volvió hacia ella.

—Porque no me gusta hablar de mi trabajo, Kate. Soy una persona reservada.

—¿Ni siquiera me lo puedes contar a mí?

Brock apartó la mirada y se volvió a mirar por la ventana.

—Soy un mercenario.

Ella se lo quedó mirando y se puso tensa.

—¿Un matón de alquiler?

Él negó con la cabeza.

—No, yo no mato a personas. Normalmente recupero objetos robados cuando alguien quiere llevar a cabo un trabajo algo… espinoso. Contactan con la agencia para la que trabajo y yo me ocupo de lo que me pidan.

Kate se relajó.

—No suena muy legal.

—La mayor parte de las veces lo es. Aunque, en algunas ocasiones, tengo que rozar lo ilegal para llevar a cabo el trabajo.

Ella consideró sus palabras.

—Entonces por eso se te da tan bien sonsacarle información a la gente. Te ganas la vida haciéndolo.

—Tal vez se me dé bien, pero estoy harto de esto, Kate. Es… una vida muy solitaria.

—Dedícate a otra cosa.

Él suspiró.

—¿A qué?

Impulsivamente, Kate le puso la mano sobre el brazo desnudo. Tenía la piel tibia. Lo oyó aspirar con fuerza mientras le acariciaba el vello, sobre los músculos, con la punta de los dedos.

—Trabaja para mí.

Brock se volvió para mirarla; en sus ojos ardía el fuego de la pasión.

—No se me ocurre otra cosa mejor que hacer en este momento.

Kate abrió la boca para decir algo, pero él salvó la corta distancia que los separaba antes de que ella pudiera hablar. Sus labios se amoldaron a los de ella y un grave gemido brotó de su pecho. Kate lo agarró por los hombros mientras él la besaba sin parar. Saboreándola, buscándola. Súbitamente,

Brock se apartó de ella.

—Lo siento —se pasó la mano por el cabello—. Maldita sea, no sé lo que me ha pasado. Me dijiste anoche que no era buena idea. Tengo que respetar eso.

Kate se incorporó como pudo e intentó recobrar la compostura.

—No pasa nada, Brock. No es culpa tuya.

Brock respiraba irregularmente y agarraba el volante con tanta fuerza, que se le pusieron los nudillos blancos.

—No está bien. No es mi costumbre echarme encima de una mujer si no se muestra dispuesta, Kate. Y no tengo intención de empezar ahora.

Se aclaró la voz, sabiendo que en realidad había sentido una gran decepción cuando él había interrumpido el beso. No sabía cuándo, pero había perdido el norte en algún momento. Seguramente se debía a lo nerviosa que se había puesto por perder la falda. Eso, y aquel enigma que estaba sentado a su lado. Él había sido sincero con ella en lo referente a su trabajo. Lo menos que podía hacer era devolverle el favor.

—Te lo digo en serio, Brock. No es culpa tuya. Hay una explicación bien sencilla a esto. La falda tiene un potente efecto sobre los hombres. Tú me viste ayer con ella puesta y está claro que aún te dura el efecto.

Se volvió hacia ella y frunció el ceño.

—¿Es que te has vuelto loca? Yo no me siento de esta manera por ninguna falda.

—Dijiste que nunca te habías comportado así en tu vida. ¿Qué otra explicación puede haber?

Brock la miró detenidamente unos momentos.

—Tal vez tengas razón. Tal vez sea la falda.

Ella asintió, aunque la afirmación de Brock le sentara tan mal.

—Por supuesto que tengo razón. Estoy seguro de que si lo ignoramos, la reacción desaparecerá tarde o temprano.

—¿Cómo sugieres que lo hagamos?

—Concentrándonos en nuestro trabajo. La oferta de antes iba en serio. Ya me estás ayudando a encontrar la falda. Me sentiría mucho mejor si me dejaras pagarte por ello. No me vendría mal algo de ayuda para terminar de organizar la fiesta de aniversario de mis padres. Aún me quedan por hacer un montón de recados y en el hotel estamos más ocupados que nunca.

—Entonces, ¿será un empleo temporal? ¿Solo hasta que pase la fiesta?

Ella asintió.

—Agradecería mucho tu ayuda, Brock.

Últimamente estoy un poco estresada. No puedo pagarte mucho, pero...

—Acepto —la interrumpió.

Ella lo miró con sorpresa.

—¿Así, sin más?

—Eh, necesito el trabajo. Y Sid y Rose merecen lo mejor. Nunca he ayudado a organizar una fiesta, pero estoy dispuesto a aprender.

Ella sonrió, y de pronto se sintió mucho mejor.

—Bien. Entonces, trato hecho. Serás mi nuevo ayudante.

—Eso es, Kate —dijo en tono cada vez más íntimo—. Cualquier cosa que quieras, solo tienes que pedirla.

Ella le miró la boca y supo que no solo se refería a su nuevo empleo. Pero también sabía que, en parte, también era culpa suya que él estuviera así. De no haberla visto con aquella falda, no estaría comportándose de ese modo. Lo cual significaba que dependía de ella el mantener una relación estrictamente platónica.

Incluso aunque sus hormonas le dijeran precisamente lo contario.

—Lo primero que quiero que hagas —dijo, y le pasó el teléfono móvil que estaba sobre el salpicadero—, es encontrar a Petula.

Brock le quitó el teléfono con suavidad

y, al hacerlo, le rozó la mano. Kate sintió un agradable cosquilleo.

—De acuerdo —dijo—. Hemos llamado a cuatro, con lo cual nos quedan seis. Nos vamos acercando.

Eso era lo que más miedo le daba, acercarse demasiado a Brock. Por mucho que lo intentaba, no podía dejar de pensar en el ardiente beso que se habían dado la noche pasada.

Seis llamadas de teléfono después, Brock cerró el móvil y se volvió hacia ella.

—Ya está. No hay ninguna Petula.

A Kate se le cayó el alma a los pies. Miró el reloj, sabiendo que debía volver al trabajo.

—Entonces se acabó.

—Aún no.

Capítulo siete

—LA encontré.

Kate levantó la cabeza y vio a Brock a la puerta de su oficina. El resto de los despachos en aquel ala del hotel estaban a oscuras, ya que sus compañeros se habían marchado a casa hacía horas. Había estado trabajando sin descanso desde que Brock la había dejado a la puerta del hotel esa tarde.

—¿Encontrar a quién?

—A la señora Santa Claus —Brock entró en el despacho, fijándose de inmediato en el caótico montón de archivos sobre su mesa y los papeles que sobresalían de la papelera—. ¿Un día duro?

—No tienes idea —contestó suspirando. Entonces retiró su silla de la mesa—. Pero la cosa va mejo rando. ¿Cómo diste con ella?

Se cruzó de brazos.

—Secreto profesional.

En parte deseaba sonsacarle la información, pero algo en su expresión le dio a entender que tal vez prefiriera no saberlo. Además, su prioridad era recuperar la falda.

—¿Cuándo podemos ir a verla?

—Llamé por teléfono a su apartamento hará unos veinte minutos, pero la persona que contestó me dijo que Petula estaba ya en la cama.

—Supongo que incluso las ladronas necesitan dormir bien. ¿Deberíamos llamar a la policía?

—Hablemos primero con ella —dijo Brock mientras se sentaba en el borde de la mesa.

Seguía con los vaqueros y la camisa polo negra.

Kate se fijó en sus brazos musculosos, y recordó cómo la habían abrazado la noche anterior, el calor de su aliento y el apasionado beso. Menos mal que ese mismo día le habían dado una habitación en el hotel. Kate tragó saliva con dificultad e intentó centrarse en lo que tenía entre manos.

—Entonces, ¿llamamos a primera hora de la mañana?

Él se lo pensó un momento.

—Creo que es mejor que no la avisemos. Los criminales suelen ser personas nerviosas. No queremos espantarla.

—Lo que tú digas.

—Quizá sería mejor si fuera yo solo mañana. Este tipo de tareas suelen ser algo… imprevisibles.

—No —se puso de pie y apagó la calculadora—. Yo también quiero estar allí.

Pensó en discutir con ella, pero se limitó a encogerse de hombros.

—De acuerdo. Si has terminado ya, ¿qué te parece tomarte una copa conmigo en el bar?

Resultaba tan tentador. Ahí estaba el problema. Ya le resultaba bastante difícil resistirse a Brock estando sobria. Una copa de vino y, sin duda, se olvidaría de la falda, de Todd y de su sueño. Un sueño que tenía la intención de hacer realidad. Además, quería mirar el correo. Tal vez tuviera otro mensaje de Todd.

—¿Podríamos dejarlo para otro momento? —le preguntó.

Se acercó a la puerta y encendió la luz del techo.

—Por supuesto —salió con ella del despacho y la acompañó en el ascensor hasta el tercer piso.

—¿Por qué no me llamas mañana cuando estés lista para ir a ver a Petula?

—Creo que tendré un par de horas libres por la mañana —dijo mientras avanzaba por el pasillo.

Entonces se paró en seco, incapaz de dar crédito a lo que veían sus ojos.

Su padre estaba sentado en el pasillo del hotel, apoyado sobre la puerta de su *suite*. Tenía una pequeña petaca de plata en la mano.

Kate llegó rápidamente adonde estaba su padre.

—Papá, ¿qué pasa?

—Nada de nada —contestó Sid Talavera—. Solo quería ver a mi hija favorita.

—Soy tu única hija —lo miró y frunció el ceño—. ¿Has bebido?

—No hay nada como un buen zumo de limón hecho en casa para limpiarte por dentro —levantó la petaca para que ella viera que era verdad—. Compruébalo tú misma.

Kate olió el contenido y se dio cuenta de que su padre le decía la verdad. Era agua de limón, la cura más famosa de su padre para todos los problemas. Solía preparársela a Kate cada vez que ella se sentía triste.

—¿Qué ocurre, papá?

—Tu madre me ha dejado —levantó la petaca y dio otro sorbo.

Kate se quedó boquiabierta.

—¿Que mamá te ha dejado? Pero eso no es posible.

—Me temo que sí, cariño —entonces miró al hombre que estaba a su lado entrecerrando los ojos—. ¿No me vas a presentar a tu chico?

—No es mi chico —dijo Kate, a quien la cabeza ya le daba vueltas. La llegada de Brock había dejado de ser un secreto—. Este es Brock, Brock Gannon.

Sid pestañeó.

—Vaya, no puedo creerlo —se puso de pie y sonrió; entonces le tendió la mano—. Brock Gannon. La última vez que te vi debió de ser hace diez años.

—Más bien doce —Brock le estrechó la mano—. Me alegro mucho de verte, Sid.

—Es un placer —contestó Sid sin soltarle la mano—. Un verdadero placer. ¿Qué estás haciendo en Seattle? ¿Cuánto tiempo llevas aquí?

—Llegué hace un par de días. Quise volver a Seattle a darme una vuelta.

Sid miró a Kate, y después a Brock.

—¿De verdad? ¿Es la única razón, o queréis contarme algo más?

—No, papá —le aseguró Kate. Abrió la puerta de la *suite* y lo invitó a pasar—. No se trata de eso. Brock se hospeda aquí, en el hotel. Solo estábamos... recordando viejos tiempos.

Sid sonrió.

—Espera que se lo diga a Rosie... —entonces su voz se fue apagando y se puso serio—. Supongo que no voy a poder contarle nada, puesto que ya no vive conmigo.

—Eso es ridículo —dijo Kate—. Siéntate y cuéntame lo que ha pasado.

Sid dejó su petaca de agua de limón sobre una mesa y se sentó cansinamente en el sofá.

—Ya te lo he dicho, Katie. Me ha dejado. Hizo su maleta y salió de casa.

Brock estaba en el umbral de la puerta.

—Tal vez debería dejaros a solas.

—No —contestó Sid, haciéndole un gesto con la mano para que entrara—. Maldita sea, Brock. Tú eres como de la familia. Pasa de una vez. No tengo nada que ocultar.

Brock miró a Kate y ella asintió con la cabeza. Pasó y cerró la puerta. Sin saber por qué, la presencia de Brock la hizo sentirse mejor, más tranquila.

Kate se sentó junto a su padre.

—Imagino que mamá y tú tuvisteis una pelea.

—Eso es. Tú estabas delante cuando ocurrió.

Ella frunció el ceño.

—¿Cuándo?

—El otro día. Tu madre preparó *cannoli* de postre, y después se enfadó conmigo porque quise comer unos pocos más.

—Exactamente cuántos más.

—Me comí cuatro. Cuatro *cannoli*. ¿Te parece una buena razón para acabar con un matrimonio?

Kate se quedó helada.

—¿Habéis hablado de divorciaros?

—Maldita sea, no lo sé. Pregúntale a tu madre.

—Te lo estoy preguntando a ti.

—Yo no quiero divorciarme. Pero tengo casi sesenta años, y si quiero comerme cinco, quince o cincuenta *cannoli*, debería poder hacerlo en paz.

—Mamá solo se preocupa por ti, papá. Se supone que tienes que controlarte el colesterol y hacer un poco de régimen.

Él alzó las manos.

—Entonces, ¿por qué preparó *cannoli*?

Kate sonrió comprensivamente ante el dilema de su padre. Ella jamás había podido resistirse a la cocina de su madre, por eso se había puesto en casi cien kilos cuando estaba en el instituto. Abandonar el hogar paterno había sido la mejor dieta que había hecho.

—Porque sabe lo mucho que te gustan los *cannoli* —contesto Kate—, y quiere darte gusto.

—Si quiere hacerme feliz, debería volver a casa.

—¿Dónde se marchó?

—A casa de su hermana Flora.

Kate suspiró aliviada.

—La tía Flora solo vive a dos manzanas de vosotros.

—No se trata de lo lejos que se haya ido tu madre —murmuró Sid—. Es el hecho de marcharse. Maldita sea, no lo sé. Tal vez sea lo mejor.

—No lo dices en serio —le dijo Kate en tono suave.

Sid alzó la cabeza.

—Pues claro que sí. No es nada fácil vivir con tu madre, ya lo sabes. Estoy harto de sus quejas y reproches. Siempre diciéndome lo que puedo o no puedo comer. Ya he tenido suficiente.

—Papá, no digas tonterías. Mamá y tú os queréis.

—Bueno, yo no he sido el que se ha largado.

—¿Qué te hace pensar que no va a volver? —le preguntó Brock.

—Porque hizo la maleta y me dijo que no iba a volver —contestó Sid—. Me lo dejó bien claro. Y no pienso rogarle para que vuelva —dio otro sorbo de limonada—. Un hombre tiene su orgullo.

Kate miró a Brock y seguidamente a su padre.

—¿Estás seguro que todo esto es solo por unos *cannoli*?

—Quiere que me jubile —anunció Sid—. Quiere que compremos un yate y demos una vuelta al mundo. Solo tengo sesenta años. Tengo un negocio próspero. No puedo agarrar y marcharme por un capricho.

—No sabía que tuvierais problemas —dijo Kate.

—Bueno, hace tiempo que estamos así —Sid se recostó en el sofá—. Desde que ella se jubiló de la enseñanza el año pasado. Creo que está pasando por un periodo de crisis.

—Mamá y tú lleváis cuarenta años juntos —dijo Kate, deseando que su padre la escuchara—. Tú la quieres, y ella a ti también.

Sid bajó la cabeza.

—Ya ni siquiera estoy seguro de eso.

La desesperación de su padre era tan contagiosa, que Kate se olvidó de la fiesta. ¿Se irían a divorciar sus padres después de tantos años?

Brock se recostó en el asiento.

—Tal vez os venga bien pasar unos días separados, Sid.

Su voz profunda calmó un poco el pánico que Kate sentía por dentro.

—Brock tiene razón, papá. Tal vez a la larga esto sea bueno para los dos. Así podréis pensar bien lo que ambos queréis.

Sid asintió.

—Le daré todo el tiempo que quiera. Soy muy capaz de cuidarme solo.

—Papá, ni siquiera sabes cocinar.

—Bueno, pues así estará contenta tu madre. No tendrá que preocuparse de que coma muchos *cannoli*.

—Podría volver a casa y cuidar de ti —sugirió Kate.

—De eso nada —contestó Sid en tono firme—. No pienso permitir que trastoques tu vida por esto. Me las arreglaré sin problema.

—No me lo puedo creer —murmuró Kate entre dientes—. Tendré que hablar con mamá.

Sid se puso de pie.

—Dale unos cuantos días para que se tranquilice. Seguramente se va a enfadar mucho conmigo cuando se entere de que te lo he contado. Ya sabes que no le gusta disgustaros a tu hermano y a ti.

—Pues estoy disgustada, papá. Mis padres se van a separar. ¿No te parece motivo suficiente para estarlo?

Sid vaciló.

—Supongo que sí. ¿Y si ya no vuelve nunca?

—Deja que te lleve a casa, Sid —Brock se puso de pie y sacó las llaves del coche del bolsillo.

—Puedo ir andando —contestó el hombre.

—¿Andando? —repitió Kate con sorna—. ¿Quieres decir que has venido hasta aquí andando? ¿De noche? ¡Hay más de cinco kilómetros de casa al hotel!

Sid parecía arrepentido.

—Quería bajar todos los *cannoli* que me comí.

—Deja que Brock te lleve a casa —insistió—. Y llámame mañana.

—Desde luego, cariño —Sid se inclinó hacia delante y besó a su hija en la mejilla—. Y no te preocupes. Todo irá bien. Estoy casi seguro.

Cuando los vio alejándose por el pasillo, a Kate se le formó un nudo en la garganta. Su padre parecía mayor, más menudo al lado de Brock. ¿Desde cuándo estaba tan apagado?

Cerró la puerta de la habitación, y echó el cerrojo y la cadena. Sintió un tremendo deseo de llamar a su madre, pero supo que sería mejor esperar al día siguiente. Estaría más tranquila y, si tenía suerte, tal vez todo quedara en agua de borrajas.

Al menos eso esperaba. En menos de dos semanas, más de doscientos invitados asistirían a la fiesta del cuarenta aniversario de bodas de los Talavera. Su hermano Tony y su esposa Elena irían desde Brasil. Se suponía que tendría que ser una velada que sus padres no olvidaran jamás.

Eso si seguían juntos.

—¿Y si te pongo un poco en el agua de limón, Brock?

Sid alzó una botella de vodka.

—No gracias, está bien así.

Brock estaba sentado en el salón de la casa de los Talavera viendo un partido de baloncesto en la tele, a la que le habían bajado el volumen. Sid le había pedido que pasara a tomar una copa con él, y Brock se dio cuenta de que el hombre no podía estar solo. Sin duda echaba de menos a su esposa.

Sid se echó una cantidad generosa de vodka en la petaca y se sentó en una butaca de aspecto confortable.

—¿Cuánto tiempo piensas quedarte en Seattle?

Brock se encogió de hombros.

—Una o dos semanas.

—Tony me comentó que abandonaste la marina hace unos años. ¿Qué has estado haciendo desde entonces?

—Trabajo para Sam Dooley, ¿lo recuerdas? Estuvo casado con mi madre durante un par de años.

Sid asintió.

—Creo que nos conocimos en una ocasión. Me pareció un buen tipo.

—Es un buen jefe. Me permite organizarme mi propio trabajo.

—¿Y qué clase de trabajo haces?

Brock dio un buen trago de su limonada.

—Ayudamos a la gente a recuperar objetos robados. Entre otras cosas.

—¿Estás casado? —preguntó Sid—.

¿Tienes hijos?

—Prefiero la vida de soltero.

Sid suspiró.

—Con veinte años ya estaba casado. Queríamos tener hijos enseguida, pero la madre naturaleza nos hizo esperar diez años hasta que tuvimos a Tony. Katie llegó dos años después —sonrió con nostalgia—. Claro, que nos divertimos mucho intentándolo.

Brock no sabía qué decir. ¿Cómo se le aseguraba a un hombre que su vida no estaba a punto de derrumbarse? Siendo soltero y con una madre que se había divorciado cinco veces, Brock no estaba en posición de dar consejos a nadie. Así que no dijo nada, tan solo se recostó en el sofá y observó a los jugadores de baloncesto corriendo por la cancha.

—A Rose le encanta el baloncesto —dijo Sid, poniéndose triste de nuevo—. Tenemos un abono para los partidos en el Sonic. Supongo que se lo cederé si quiere divorciarse.

—Creo que eso es algo prematuro —dijo Brock después de dar el último trago de su refresco.

—Un hombre debe estar preparado para todo —Sid sacudió la cabeza—. Pero no sé si estoy listo para la vida de soltero. A juzgar por lo que dice Katie, eso de encontrar pareja está muy difícil últimamente.

—Háblame de ese hombre misterioso suyo —dijo Brock, dejándose llevar por la curiosidad—. Ella está convencida de que es el hombre de sus sueños.

Sid soltó una risotada.

—No me tires de la lengua. Yo creo que está loca por intentar atrapar a un hombre con esa falda.

—Kate me dijo que ella y ese hombre llevan una temporada enviándose mensajes por correo electrónico. Y que tiene pensado venir a Seattle en breve a hacerle una visita.

—No será uno de esos romances por Internet, ¿verdad? El tipo podría ser un psicópata.

—No lo creo —contestó Brock, dándose cuenta de lo poco que sabía de aquel hombre—. Kate tiene buen instinto.

—Bueno, me cuesta creer que mi Katie siga soltera después de tantos años. Es bella, inteligente, independiente. Igual que su madre. ¿Qué más podría querer un hombre?

Brock se había estado haciendo la misma pregunta durante los últimos dos días.

—Tal vez sea Kate la que se echa atrás.

Sid asintió.

—Probablemente tengas razón. Es demasiado exigente. Menos mal que Rose no fue tan exigente, o de otro modo tal vez seguiría soltero. ¿Sabes dónde la llevé en nuestra primera cita?

—¿Dónde?

—A un partido de béisbol de la liga infantil en el que jugaba mi hermano pequeño. Los perritos calientes los dejaban a mitad de precio durante la séptima entrada. Me pareció una auténtica ganga —sonrió—. Tuve suerte de que accediera a salir conmigo otra vez.

Brock dio el último trago a la limonada.

—Yo nunca le he preguntado a mi madre cómo se conocieron mi padre y ella. A mamá no le gustaba hablar de él —dejó el vaso sobre la mesa—. Qué extraño, en parte me gustaría saberlo.

—Todavía puedes preguntárselo.

—Tal vez lo haga algún día. Claro, que, su amor no duró mucho tiempo. Tal vez ni siquiera se amaran —miró a Sid—. ¿Cómo sabe un hombre cuándo está enamorado?

—Es fácil —contestó Sid—. Cuando estás enamorado de una mujer, de la mujer de tu vida, no puedes dejar de pensar en ella. Cuando estás con ella te comportas como un tonto la mayor parte del tiempo. Y no puedes imaginar pasar el resto de tu vida con otra persona. O sin ella —miró la petaca que tenía en la mano y suspiró largamente—. ¿No te has enamorado nunca, Brock? ¿Después de tantos años?

Brock negó con la cabeza.

—No. No lo creo.

—Lo sabrías —contestó Sid con los ojos empañados—. Lo sabrías sin lugar a dudas.

Brock se puso de pie.

—Será mejor que me marche. Se está haciendo tarde.

—Pásate otro día antes de marcharte de Seattle —Sid lo acompañó a la puerta—. Ha sido estupendo volver a verte.

—Lo haré —prometió Brock—. Tal vez puedas enseñarme qué se está moviendo ahora en el negocio de la construcción.

—Tony y tú fuisteis los mejores temporeros que tuve nunca. Ojalá Tony… —su voz se fue apagando—. Bueno, él es feliz en Brasil.

—¿Necesitas algo, Sid? —le preguntó Brock, detestando dejarlo solo—. ¿Algo del supermercado?

—No —contestó Sid, dándole una palmada en el hombro—. Estoy bien. Buenas noches, Brock.

Brock se dirigió a su coche; entonces se dio la vuelta y esperó a que las luces de la casa se apagaran. Resultaba raro ver a Sid allí solo. Brock recordó las veces que se había presentado en casa de los Talavera para huir del reducido apartamento de dos habitaciones que compartía con su madre. Allí siempre había encontrado risas, diversión y tanto amor. Solía soñar con tener un hogar así un día.

¿Cuándo había decidido que era imposible que ese sueño se hiciera realidad?

Capítulo ocho

KATE encontró a Brock en la cafetería del hotel a la mañana siguiente, y lo primero que hizo fue preguntarle por su padre.

—Bueno —empezó después de tomar asiento frente a él en la mesa—, ¿qué ocurrió anoche?

—Buenos días —dijo mientras le servía café de una cafetera.

—Lo siento —contestó Kate—. Esta noche no he dormido demasiado.

—Tu padre está bien —le aseguró—. Lo llevé a casa y vimos la televisión un rato. Charlamos un poco.

—¿Sobre mamá?

Asintió.

—Sid la echa de menos. Me pregunto por qué se habrá ido de la casa en realidad.

Kate rodeó la taza con las dos manos para calentárselas.

—No lo entiendo. Mis padres no son así. Claro que discuten, como todas las parejas, pero mamá nunca se ha ido de casa.

—Tal vez esté atravesando alguna crisis.

—Tiene sesenta años —exclamó Kate—.

Hace ya veinte años que debería haber pasado esa crisis.

—Las personas no viven según un programa —dijo Brock—. Al menos la mayoría.

Ella sabía que aquella era una crítica velada por el plan de la falda, pero no dijo nada. Convencer a Brock de que su plan era perfectamente lógico no la ayudaría a resolver el problema que tenía entre manos.

—Pero, ¿por qué ahora?

Brock se encogió de hombros.

—Me da la impresión de que Sid y Rose quieren cosas distintas. Tu madre está jubilada y lista para disfrutar un poco de la vida, mientras que tu padre sigue con un trabajo de nueve a cinco —una sonrisa se dibujó en sus labios—. O, conociendo a Sid, de nueve de la mañana a nueve de la noche.

—Es cierto que el negocio lo mantiene muy ocupado —reconoció Kate—. Aunque es más una elección suya que una necesidad. Siempre acepta más trabajo del que puede hacer. Lo menos que podría hacer es contratar a un supervisor o algo parecido.

Brock dio un bocado a su bollo de canela y un trago al zumo de naranja.

—Entonces, ¿has hablado ya con tu madre esta mañana?

Kate sacudió la cabeza.

—Llamé a casa de mi tía hace un rato y Flora me dijo que mamá había ido a la escuela de buceo a dar su primera clase.

—Qué divertido.

Kate dio un sorbo de café.

—Sus pasatiempos solían ser la cerámica y el macramé.

Brock sonrió.

—A lo mejor solo quiere probar algo nuevo y atrevido.

—Eso es lo que me temo —Kate reconoció en voz baja—. A lo mejor quiere empezar una vida nueva en otro sitio.

—Supongo que todo esto tira por la borda tus planes para darles una fiesta sorpresa.

Ella alzó la cabeza y lo miró.

—No pienso cancelar la fiesta. Esta separación es solo temporal. Tiene que serlo.

—¿Estás segura de que te quieres arriesgar? Vendrá mucha gente a celebrarlo. O tal vez deberías contárselo a ellos. Estoy seguro de que accederían a dejar a un lado sus diferencias por una noche y simular que todo sigue igual delante de los invitados.

—Eso es precisamente lo que no quiero —Kate se inclinó hacia delante—. Quiero que sea algo de verdad. Mis padres llevan años casados. ¡Cuarenta años! Se supone que debe ser algo digno de celebrar, y no solamente un simulacro.

Brock se terminó el bollo y el zumo de naranja.

—Entonces, ¿cuál es tu solución?

—Tenemos que encontrar el modo de que se vuelvan a juntar.

Brock arqueó una ceja.

—¿Tenemos?

—¿Querrás ayudarme? —se aventuró, sabiendo que era mucho pedir—. Papá te tiene tanto aprecio, Brock. Creo que te escuchará. Y yo me ocuparé de mamá.

Brock se quedó pensativo.

—Solo falta una semana para la fiesta.

—Tenemos que intentarlo.

Brock la miró de tal modo, que Kate acabó retorciéndose en el asiento. La noche anterior se había dicho a sí misma que debía mantener las distancias con él, y de repente se olvidaba de todo eso y le pedía que la ayudara a que sus padres se reconciliaran.

—Sid está totalmente perdido sin Rose —dijo Brock por fin—. Eso me quedó bien claro anoche.

Kate sintió un gran alivio.

—Entonces, ¿me ayudarás?

Brock la miró a los ojos.

—Haré cualquier cosa para complacerte, Kate.

Kate se arrellanó en el asiento, algo abrumada por sus palabras.

—Gracias, Brock. No sabes lo que esto significa para mí.

Él retiró a un lado el plato vacío.

—¿Qué quieres que haga exactamente?

—No lo sé. Tal vez puedas darle a papá alguna sugerencia para ganarse de nuevo a mi madre. Que sea más romántico con ella.

—¿Yo? —preguntó con una sonrisa en los labios—. ¿Qué te hace pensar que sea un experto en ese tema?

Ella volteó los ojos.

—Vamos, Brock. Tony me habló de tus días en la marina. ¿Acaso no tenías un amor en cada puerto?

Brock sonrió con picardía.

—Bueno, no en cada puerto. En Groenlandia no había demasiadas mujeres. Aunque recuerdo una rubia...

—No me cuentes los detalles —murmuró sintiendo una punzada de celos, aunque sabía que Brock solo estaba tomándole el pelo.

O tal vez no. Kate estaba segura de que Brock Gannon podría tener a las mujeres que quisiera.

—De acuerdo —dijo Brock mientras se ponía de pie—. La Operación Talavera empieza hoy mismo. Invitaré a tu padre a cenar conmigo esta noche en un bar donde televisen el partido. Hoy juegan los Lakers y los Knicks.

—Y yo intentaré ver a mi madre entre lección y lección —dijo Kate con pesar.

—Mientras tanto, tenemos una cita con una atracadora —añadió Brock—. ¿Estás lista?

Kate sonrió y se puso también de pie.

—Supongo que hay pasatiempos peores que el buceo.

Veinte minutos después detuvieron el vehículo delante de una urbanización de apartamentos, cerca de la calle Stewart.

—Tú quédate aquí —dijo Brock mientras abría la puerta del coche—. Ahora mismo vuelvo.

—Yo voy contigo —contestó Kate y se dispuso a salir del coche—. Es una señora mayor. Tal vez se sienta intimidada si ve a un hombretón como tú a su puerta.

—Esta señora le dio al taxista un bolsazo en la cabeza y se largó con todo lo que llevaba en el taxi. Soy yo el que debería sentirse intimidado.

—Entonces iré contigo para protegerte —contestó mientras cruzaban el portal del edificio.

Subieron a pie los tres pisos hasta el apartamento donde vivía Petula Clarkson. La puerta estaba entreabierta, y no había luz en el interior.

Brock cruzó el umbral.

—¿Señora Clarkson? ¿Está usted ahí?

Silencio. Brock avanzó unos pasos más, y después volvió al vestíbulo.

—No hay nadie, y está todo muy revuelto. Parece que nos hemos perdido una buena pelea.

Kate gimió.

—Entonces, ¿dónde está Petula Clarkson?

—Pruebe a buscarla en la cárcel —dijo una voz a sus espaldas—. La policía vino anoche y se los llevó a todos.

Brock y Kate se dieron la vuelta y vieron a una adolescente a la puerta del apartamento de enfrente. Llevaba una camiseta blanca dada de sí, dejando al descubierto un tatuaje en forma de corazón cerca de la clavícula. Tenía una despeinada melena rubia y un cigarro en la mano derecha.

—¿Qué pasó? —le preguntó Brock.

—Yo los llamé —contestó la chica—. Deberían haber oído la que tenían liada ahí dentro. Creí que esos dos tipos se iban a matar por esa bruja.

—¿Estaban peleándose por Petula Clarkson? —preguntó Kate.

La muchacha soltó una risotada.

—No, no por ella —aseguró—. Me refiero a su nieta, Desiree. Salió al pasillo meneando el trasero con esa falda nueva de tela brillante. De pronto, Rocky y Bud, que han sido buenos amigos desde que iban a la escuela y que no podían soportar a la estirada de Desi, empezaron a volverse locos por ella sin razón aparente. Y en un abrir y cerrar de ojos me los veo en el suelo pegándose puñetazos.

—¿Así que llevaba puesta una falda negra nueva? —dijo Kate, echándole una mirada significativa a Brock.

—Eso es. Su abuela se la regaló por su cumpleaños.

—¿Conoce bien a los Clarkson? —le preguntó Brock.

La chica dio una buena calada al cigarrillo y soltó el humo despacio.

—Lo bastante para saber que no es la primera vez que la vieja va a la cárcel. Roba para mantener su vicio en el bingo. Un año nos robó un adorno de Navidad que pusimos a la puerta y lo vendió en la tienda de segunda mano de la esquina.

—¿A Desiree también se la han llevado a la cárcel? —preguntó Kate.

La muchacha negó con la cabeza.

—No, aunque se lo merecía, ya que todo empezó por culpa de ella. La policía se la llevó a comisaría para redactar un informe. No sé dónde está ahora.

—¿Llevaba puesta la falda anoche?

—Sí, y los policías no dejaban de mirarla;

ya sabe a lo que me refiero. ¡Hombres!

Kate le dio las gracias, y ella y Brock bajaron las escaleras.

—Parece que tu falda mágica está causando estragos.

Brock le abrió la puerta del portal para que Kate pasara.

—¿Me crees ahora?

Brock sacudió la cabeza.

—Los hombres van detrás de las mujeres desde el principio de los tiempos. Dudo que la falda tuviera nada que ver con ello.

Su destino siguiente fue la comisaría de policía.

—Sí, tenemos a Petula Clarkson detenida —el oficial se colocó bien las gafas—. Está acusada de robo con asalto. Tenía un juicio esta tarde, pero no ha conseguido el dinero de la fianza. ¿Son familiares suyos o sus abogados?

—Ni lo uno, ni lo otro —dijo Brock—. Pero nos gustaría hablar con ella.

—Veré lo que puedo hacer.

Media hora después, un oficial los acompañó hasta la celda. Una mujer regordeta, de cabello cano y ojos azules estaba sentada sobre un banco de madera.

—¿Señora Clarkson? —se aventuró Kate.

La mujer entrecerró los ojos.

—¿Quién es usted?

—Soy Kate Tal... —Kate miró a Brock, y seguidamente a la mano que le apretaba el brazo.

—Estamos aquí para obtener información —le dijo entre dientes—. No para darla. Y menos a una ladrona.

—Estamos aquí por la falda que se llevó ayer por la tarde del taxi. Era negra, e iba colgada de una percha de la tintorería.

Petula Clarkson alzó la cabeza.

—No hay pruebas de que me llevara eso ni ninguna otra cosa del taxi —suspiró cansinamente—. No soy más que una mujer vieja y enferma. No se imaginan lo mal que le viene a mi artritis esta humedad.

A pesar de ser una celda, a Kate le pareció un lugar limpio y bastante acogedor; desde luego, no era tan horrible como la pintaba Petula.

—Lo único que nos importa es la falda —insistió Brock—. Y estamos dispuestos a pagarle la fianza para conseguirla.

—Brock —Kate le susurró entre dientes, furiosa por no habérselo consultado.

Una cosa era sobornar a un camarero, y otra ayudar a que un criminal volviera a la calle. Y aunque aquel en particular no tenía aspecto de ser peligroso, Kate había visto el golpe que le había dado al taxista en la cabeza.

Brock la ignoró.

—Esa es la oferta. O la toma, o la deja.

Petula arrugó los labios.

—Bueno, ahora que lo pienso, había una falda negra en la caja de las cosas que le dije a mi nieta que llevara a donde Charlie.

—¿A la tienda de segunda mano? —preguntó Kate.

La mujer asintió.

—Eso es. Desiree quería quedársela, pero necesito dinero para pagar la fianza. De modo que me prometió llevarla a la tienda. Una bonita falda por la que se podría conseguir una buena cantidad —dijo con expresión maliciosa—. Ojalá hubiera sabido que estaban tan interesados en ella. Me la habría quedado y se la habría vendido a ustedes yo misma.

Kate imaginó el precio que habría cobrado la mujer. Ya le debía a Brock un buen pico. Y ahora tendría que añadir la fianza de Petula.

—¿Dónde está ese almacén?

—Está cerca del mercado de Pike Place —contestó Petula—. En la calle Stewart. Y no se olviden de pagar la fianza antes de marcharse.

El guardia abrió la celda y acompañó a Kate y a Brock a la sala.

—¿De verdad vamos a pagar la fianza?

Brock se volvió hacia ella.

—No puedes hacer tratos si no tienes intención de mantenerlos.

—Pero podría haber mentido sobre la falda.

—Por eso no vamos a soltar ni un centavo sin antes ir a ese almacén.

Capítulo nueve

—¡QUÉ lugar tan fantástico!

Brock levantó la cabeza del perchero de faldas que tenía delante y vio a Kate admirando todas las chucherías antiguas que llenaban los estantes del almacén.

—Estamos aquí para buscar la falda, ¿recuerdas?

—Lo sé… Pero, ¿cómo puedes resistirte a todas estas cosas? Oh, mira esto. Es un anillo de esos que te dice de qué humor estás.

Brock sonrió al ver lo mucho que Kate estaba disfrutando al descubrir aquellos viejos tesoros. A él solo le parecían baratijas.

—¿Por qué no te lo pruebas a ver si funciona?

Se puso el anillo en el dedo índice y esperó a que la piedra cambiara de color.

—Es azul… no verde —lo miró con los ojos brillantes—. Ojalá me acordara del significado de cada color.

Brock aspiró hondo, imbuido de repente por una sensación totalmente nueva. Kate lo miraba de un modo que encendía su deseo. La deseaba tanto, que ni siquiera podía ya negárselo a sí mismo. Tal vez tuviera razón. Tal vez fuera la falda la que lo había vuelto loco. Desde luego, nunca había sentido nada igual hacia ninguna mujer.

Claro, que, nunca había conocido a ninguna mujer tan especial como Kate.

Kate lo agarró del brazo, olvidándose del anillo.

—No me lo creo.

Él miró hacia donde miraba ella.

—¿El qué? ¿Has visto la falda?

—No. Es una lámpara de lava.

—¿Una lámpara de lava? —repitió, preguntándose qué era lo que le había parecido tan fascinante.

—Estuvieron muy de moda en los años sesenta. Mis padres se casaron en el sesenta y cinco. ¿No crees que una lámpara de esas quedaría estupenda como centro de mesa en la fiesta?

—¿Cuántas lámparas de lava necesitarías exactamente?

—Con diez invitados por mesa y un total de doscientos invitados a la fiesta... —hizo una pausa mientras lo calculaba de cabeza—. Diría que con veinte lámparas tendría bastante.

Brock miró hacia las lámparas.

—Qué pena, solo hay cinco.

—Pero la ciudad está llena de tiendas

como esta. Estoy segura de que se podrían encontrar más.

Le había prometido ayudarla con la fiesta. Y tal y como ella lo miraba en ese momento, le resultó imposible negarse a nada. O pensar en otra cosa que no fuera acariciarla de nuevo, sentir la suavidad de su piel bajo sus manos. Deseaba saborearla, sentir su cuerpo moviéndose junto a él.

—¿Brock?

Él abrió los ojos, tenía el cuerpo duro como una piedra y la respiración irregular.

—¿Cómo?

—Estás tan callado. ¿Te sientes cansado?

—Sí —dijo, aunque era mentira.

Estaba cansado de lo que sentía por ella. Cansado de solo imaginar las caricias, los besos que le daría, o a ellos dos haciendo el amor.

—Acaba de ocurrírseme una estupenda idea.

Brock esperaba que tuviera algo que ver con desnudarse los dos.

—Estoy abierto a todo.

Kate se volvió hacia él, sonriendo de oreja a oreja.

—¿Y si le damos a la fiesta un toque años sesenta? Podríamos repartir cintas para la cabeza y collares de cuentas a la puerta. Y que los pinchadiscos pusieran música de los sesenta. La gente podría llevar ropa de esa época si quisieran. Sería muy divertido.

—Pensé que querías ponerte la falda para la fiesta —apretó los dientes—. Para tu príncipe azul.

—En realidad, él y yo vamos a salir antes de la fiesta.

Se volvió hacia el perchero donde colgaba faldas, blusas y pantalones, y empezó a mirar.

Brock se puso tenso.

—¿Cuándo?

Ella se encogió de hombros.

—En cuanto llegue a Seattle. Aún no tiene un plan fijo. Estoy segura de que me enviará un correo cuando lo haya decidido.

Brock sintió como si le hubieran dado una patada en el estómago.

—Estupendo.

—Ahora sabes por qué estoy tan ansiosa por encontrar la falda. Se me acaba el tiempo.

Brock fue a otro perchero de ropa, tomándose un momento para pensar. Kate tenía razón en una cosa: se acababa el tiempo. Su plan había sido hacerse con la falda y llevarla a Calabra. Pero, ¿y si no lo conseguía antes de la fiesta? ¿Qué razón podría dar para seguir en Seattle hasta encontrarla?

O, peor aún, ¿y si la encontraba antes de

la fiesta? Alzó la vista y vio a Kate hablando con uno de los jóvenes cajeros. Significaba tanto para ella encontrar la falda para su cita con su príncipe azul. No le haría daño a nadie si dejaba que ella se la pusiera antes de llevársela y abandonar Seattle. Aunque en realidad no creía que la falda fuera más que un pedazo de tela vulgar y corriente. Pero ella sí que creía en los supuestos poderes de la prenda. Y en ese momento, el hacerla feliz le parecía la misión más importante que había tenido en su vida.

Aunque el mero hecho de pensar en Kate con otro hombre le sentara fatal.

Kate volvió al perchero.

—Ya han vendido la falda. Wally, uno de los chicos que trabajan aquí, dijo que una de sus clientes se la quedó nada más llegar a la tienda.

—¿Sabes cómo se llama?

—Carla Corona —contestó con una sonrisa triunfal—. Y solo me costó cinco dólares. Supongo que la gente de Seattle es más barata de sobornar que en otros sitios donde tú has trabajado.

—Entonces, ¿qué hacemos ahora?

Ella miró su reloj.

—Lo siento mucho, pero debo volver al trabajo. Es casi mediodía, y me gustaría pasar primero por alguna tienda de alimentación si no te importa. Quiero comprar algunas cosas para mí y para mi padre. A pesar de lo que él diga, sé que no está comiendo bien. ¿Te importaría llevárselas a casa más tarde?

—Claro que no. Y me pasaré la tarde intentando descubrir todo lo posible de esa tal Carla Corona.

—De acuerdo, con que me mantengas informada...

Pasaron por una tienda de alimentación y después volvieron al Hartington. Brock la ayudó a subir las bolsas de la tienda a su habitación.

—Tengo exactamente dos minutos para bajar al almuerzo de la conferencia —dijo Kate, presurosa, mientras metía la tarjeta en la cerradura—. ¿Te importa meter los platos precocinados para papá en el congelador? Yo guardaré el resto más tarde.

—No hay problema —dijo Brock mientras entraba detrás de ella en su *suite*.

Kate se paró en seco.

—Mira...

—¿Qué pasa?

Pero su olfato lo detectó antes que él. Había flores por todas partes. Hermosos ramos de rosas, orquídeas y lirios. La habitación olía como si alguien hubiera derramado un frasco de perfume dentro.

—No puedo creerlo.

Kate dejó las bolsas sobre la mesa y retiró un pequeño sobre gris de un ramo de rosas amarillas que había a su lado. Sonrió al leer la tarjeta.

—¿Y bien? —preguntó Brock—. ¿Quién es tu admirador?

—Es él... —contestó, y metió de nuevo la tarjeta en el sobre—. Mi príncipe azul. Está en Seattle.

A Brock se le encogió el estómago.

—¿En Seattle? ¿Ya?

Kate asintió y se sonrojó ligeramente.

—Acaba de llegar esta mañana. En la tarjeta dice que quería darme una sorpresa.

—Odio las sorpresas —Brock miró el reloj—. Son las doce y dos minutos.

—¡El almuerzo! —corrió hacia la puerta—. Tengo que marcharme. Después me cuentas lo que averigües de Carla Corona. Y saluda a papá de mi parte.

Kate salió antes de que le diera tiempo a contestar. Brock dejó las bolsas, y entonces sacó de entre las rosas el sobre que ella había abierto momentos antes. Sabía que leerlo sería invadir su intimidad, pero ya había entrado en casa de sus padres y en su habitación del hotel. De modo que no iba a dejar que la culpabilidad lo echara atrás.

Leyó la tarjeta y entonces se fijó en la firma. El nombre lo dejó helado. Todd

Winslow. Dejó caer la tarjeta sobre la mesa.

¿Kate pensaba que Todd Winslow era su príncipe azul? ¿Aquel cerdo? Era lo que Brock había pensado de él justo antes de darle un buen derechazo y derribarlo.

Una cosa era imaginar a Kate intentando seducir a un desconocido sin rostro. Pero ya que sabía que Todd Winslow era la presa que Kate pensaba acechar para hacerlo caer en su trampa, tenía aún más razones para querer hacerse con la falda antes de que ella. Winslow siempre había sido un tipo arrogante, y Brock estaba seguro de que no había cambiado.

La cuestión era por qué aquel cretino había empezado a interesarse por Kate de repente. ¿Acaso Winslow estaba interesado en pasar una noche con su antigua vecina mientras estaba en Seattle? ¿O habría algo más detrás de aquel interés?

Brock se paseó por la zona del salón con el estómago encogido. Pero, ¿qué más podía hacer?

El perfume de las flores le estaba empezando a producir náuseas. O tal vez fuera el pensar en Winslow abrazando a Kate, besándola, haciéndole el amor.

—Ni hablar —murmuró mientras sacaba los platos precocinados y los metía en el congelador del frigorífico de la *suite*.

Cerró la puerta con rabia. No pensaba permitir que ella se pusiera la falda. Sobre todo para Todd Winslow.

Lo cual quería decir que había llegado el momento de elaborar un nuevo plan.

Eran alrededor de las cinco cuando Kate volvió a la habitación. El fuerte aroma de las flores la saludó cuando abrió la puerta, levantándole el ánimo. Había tenido un día de trabajo caótico; lo único bueno había sido una llamada de teléfono de Todd. Estaba hospedado en casa de sus padres y quería invitarla a cenar esa noche. Pero ella había rechazado la invitación, poniéndole como excusa que tenía que trabajar hasta tarde.

No podía quedar con él sin llevar puesta la falda, aunque no fuera la adolescente entrada en carnes que él probablemente recordaba. Quería causarle una primera impresión que perdurara en su memoria. Kate se quitó los zapatos y fue hacia la cocina. Brock le había guardado toda la compra y en el congelador no había ningún plato precocinado, lo cual significaba que debía de haber salido ya hacia la casa de su padre.

Se oyeron unos golpes a la puerta y Kate se dio la vuelta. Lo primero que pensó fue que era Todd. Se peinó con los dedos y seguidamente se miró el traje pantalón verde jade que había escogido para ponerse aquel día. Kate pensó en no contestar, pero los golpes se repitieron con más fuerza.

—Pero qué tonta soy —murmuró entre dientes mientras iba hacia la puerta.

No pensaba esconderse de él. Aunque no llevara puesta la falda, no era precisamente el jorobado de Notre Dame. Cuando abrió la puerta se sorprendió al ver a su madre allí.

—¡Mamá!

—Hola, cariño —Rose entró en la sala con un vestido que Kate nunca le había visto—. Flora me dijo que me habías llamado un par de veces hoy.

—¿Un par de veces? —Kate cerró la puerta y colocó los brazos en jarras—. Más bien unas diez. ¿Dónde te has metido todo el día?

—Bueno, después de mi clase de buceo, fui al Monte Old Baldy. Hacía años que no iba. Tu padre y yo estuvimos allí un fin de semana cuando Tony y tú erais pequeños. Ahora hay una preciosa posada a los pies del monte. Me encantaría volver y quedarme unos días.

—Tal vez papá y tú podáis ir a pasar una segunda luna de miel.

Rose se puso tensa.

—Supongo que tu padre te habrá dado la noticia.

—Anoche —Kate se dejó caer sobre una butaca—. Mamá, ¿cómo ha podido pasar una cosa así?

—Nos hemos alejado el uno del otro —contestó Rose—. Y no quiero pasar los mejores años de mi vida esperando a que tu padre vuelva a casa del trabajo.

—Pero, ¿por qué has tenido que irte? ¿No te parece un poco drástico? ¿No podíais haber ido juntos a un consejero matrimonial?

—Ya conoces a tu padre —dijo Rose—. No quiere admitir que tenemos problemas, y menos aún pagar a un psicólogo para que nos ayude a resolverlos.

—Pero, ¿estarías dispuesta a hacer una terapia si él accediera?

Rose se encogió de hombros.

—Tal vez. Mientras no interrumpa mis ocupaciones.

Kate frunció el ceño.

—¿Qué ocupaciones?

—Tengo clases de buceo los lunes, miércoles y viernes. Y acabo de apuntarme al club de *bridge*, que se reúne los martes y jueves.

—Pero tú no sabes jugar al *bridge*.

—Entonces ya es hora de que aprenda. Además, este club es para gente de todos los niveles. No es como donde juega tu tía Flora.

—¿Algo más? —preguntó Kate, preguntándose cuánto tiempo llevaría su madre queriendo hacer todas esas cosas.

Rose sonrió.

—Estoy pensando en tomar clases de cocina china.

—Papá odia la comida china.

—A mí me encanta —contestó su madre—. No pienso seguir viviendo solo para complacerlo a él. Es hora de que empiece a pensar en mi propia felicidad, para variar.

Kate tragó saliva. Solo le quedaban unos pocos días para conseguir que sus padres volvieran a juntarse. En ese momento pensó que, aunque tuviera un siglo, no iba a poder hacer nada. Rose parecía tan resignada como resuelta.

—¿Es que ya no quieres a papá? —le preguntó Kate con delicadeza.

Rose tomó la mano de su hija y le dio un suave apretón.

—Por supuesto que lo quiero. Con todo mi corazón. Pero nunca lo veo. Cuando estaba enseñando, me encontraba demasiado ocupada para darme cuenta de todo el tiempo que pasamos separados. Pero desde que me he jubilado, me he dado cuenta de lo poco que nos vemos. Me levanto por la mañana para prepararle el almuerzo, y entonces él se va a trabajar mientras que yo me quedo en casa a esperarlo. Y no hago más que esperar y esperar. Estoy harta de esperar, Kate. Estoy lista para vivir la vida.

—Pero, ¿no puedes dar clases de buceo y jugar al *bridge* y aprender a preparar comida china sin marcharte de casa? ¿Sin dejar a papá?

—Es más que eso —dijo Rose—. Quiero ir a sitios nuevos y ver cosas de las que solo he oído hablar. Quiero gastarme algo del dinero que tu padre y yo llevamos tantos años ahorrando a base de mucho sacrificio y trabajo. Pero no quiero hacerlo sola.

¿Cómo podía Kate discutirle eso?

—Sé que papá te echa muchísimo de menos.

Rose sonrió con nostalgia.

—Yo también lo echo de menos. No duermo igual de bien sin sus ronquidos. Supongo que me he acostumbrado a él después de tantos años.

—¿Puedo hacer algo por ti? —preguntó Kate, que no quería darse por vencida.

—Solo prométeme que no te preocuparás —entonces Rose miró a su alrededor, como si viera las flores por primera vez—. ¿Qué es todo esto?

Kate sonrió.

—Son de… un amigo.

Rose arqueó una ceja.

—A mí me parece que es más que un amigo.

—Son del hombre del que te he hablado. El que pienso que será el adecuado para mí.

Kate se preguntó por qué se sentía tan reacia a decirle a su madre que era Todd, sobre todo después de lo bien que Rose le había hablado de él. Pero en ese momento no tenía tiempo de analizarlo.

Rose se levantó y se acercó al ramo de rosas amarillas que había sobre el televisor. Acercó la cara e respiró profundamente.

—Son maravillosas, Katie. Absolutamente maravillosas.

—Me ha invitado a cenar esta noche —le confió Kate.

—¡Y yo aquí distrayéndote cuando deberías estar preparándote para tu cita!

Kate negó con la cabeza.

—No voy a ir. Le dije que tenía trabajo.

Rose ladeó la cabeza.

—Yo no te veo tan ocupada. ¿Te estás haciendo de rogar?

Kate se echó a reír.

—Tengo casi veintiocho años, mamá. No puedo permitirme esas cosas. Pero no puedo verlo hasta que no lleve puesta la falda.

—Entonces, ¿qué problema hay?

—Pues que ya no la tengo. Me la dejé en un taxi y… bueno, es una larga historia. Pero

Brock me está ayudando a buscarla.

Demasiado tarde recordó que su madre no sabía que Brock estaba en la ciudad.

Rose abrió los ojos como platos.

—¿Brock? No te referirás a Brock Gannon.

Ella asintió.

—Al mismo.

—¿Qué está haciendo en Seattle?

—No estoy segura —dijo Kate de modo evasivo—. Está hospedado en el hotel y nos hemos encontrado un par de veces.

—No puedo creerlo —exclamó Rose, sacudiendo la cabeza con sorpresa—. No he vuelto a ver a ese chico desde que tenía dieciocho años. ¿Cómo está?

Kate sonrió.

—Creo que la palabra increíble lo describiría con precisión.

Rose se echó a reír.

—Sabía que se convertiría en un hombre muy apuesto, a pesar de lo duro que le resultó crecer. Son sus ojos.

—Y su cara, y su cuerpo, y esa voz que te hace estremecer.

—¿Estás segura de que quieres ponerte la falda para el otro? —le preguntó Rose, y Kate se sintió algo incómoda—. Me da la impresión de que Brock te ha llamado la atención. Claro que, no tiene nada de malo tener a dos hombres interesados en ti. Esa es una situación que cualquier mujer envidiaría.

—Brock no está interesado en mí —contestó Kate—. Bueno, sí que lo está, pero…

—¿Pero qué?

—Pues que me vio con la falda y tuvo la misma reacción que me describieron Gwen y Chelsea.

—Entonces, ¿no crees que su interés sea sincero?

Kate se mordió el labio.

—No sé qué pensar.

Entonces se dio cuenta de que estaban hablando de su vida amorosa en lugar del matrimonio de sus padres.

—¿Intentarás al menos llamar a papá? ¿Probar a salvar vuestras diferencias?

Rose vaciló un momento, y entonces sacudió la cabeza.

—Voy a esperar a que él me llame. ¡Que yo sepa, ni siquiera me echa de menos!

—Sí que lo hace, mamá. Deberías haberlo oído anoche. Está perdido sin ti.

—Sé que crees que estoy siendo muy dura con tu padre, pero llevo casi cuarenta años casada con él y siento que ya no lo conozco —suspiró—. Ojalá pudiéramos enamorarnos de nuevo.

A Kate se le encogió el corazón de la desesperación que oyó en la voz de su madre.

—Solo prométeme que no te darás por vencida demasiado pronto.

—Te lo prometo —Rose se levantó y fue hacia la puerta—. Las mujeres Talavera nunca nos damos por vencidas. Recuérdalo.

Kate la acompañó y besó a su madre en la empolvada mejilla.

—Lo haré.

Cuando se quedó sola, Kate paseó la mirada por los ramos de flores que adornaban su habitación. Eran verdaderamente preciosos. Todd no solo era un hombre de éxito, sino también detallista. Y estaba claramente interesado en iniciar una relación con ella. Entonces, ¿por qué de pronto había empezado a tener dudas?

Su madre tenía razón. Las mujeres de la familia no se daban por vencidas. Había llegado el momento de encontrar la falda.

Capítulo diez

UNOS días más tarde, Kate iba conduciendo su Dodge Intrepid por la calle Jackson.

—¿Estás seguro de que debemos presentarnos sin previo aviso? ¿Cómo sabemos que esta tal Carla Corona nos dejará entrar?

Brock iba sentado a su lado.

—Tenemos el elemento sorpresa como ventaja. ¿Y no has oído decir nunca que el dinero manda?

—Tal vez para algunas personas —reconoció Kate—. De acuerdo, para la mayoría. Pero no puedes comprar a todo el mundo, Brock. A veces hay cosas más importantes que el dinero.

Él no dijo nada durante un buen rato.

—Si Carla compra en tiendas de segunda mano, entonces está claro que el dinero sí es importante para ella.

—Háblame de ella. ¿Qué has averiguado? No será una ladrona como Petula, ¿verdad?

Él sacudió la cabeza.

—Según la información que he obtenido, no. Carla Corona es una honrada esteticista. Tiene veinticuatro años. Está casada. Es rubia con ojos verdes. Medirá un metro sesenta y cinco y pesará unos sesenta kilos. Y usa lentillas.

—¿Es todo? —preguntó Kate, asombrada de que hubiera podido conseguir tanta información.

—Tiene alergia a los gatos —añadió—. Pero no creo que eso afecte a nuestra misión.

—¿Misión? —repitió divertida—. Me siento como una de esas espías de las películas. Aunque dudo que nadie haya estado antes detrás de una falda.

Brock se volvió para mirar por la ventana.

—¿Te ha enviado más flores Winslow?

Kate lo miró.

—Leíste la tarjeta.

—La tenía delante. No pude resistirme —se volvió hacia ella—. Además, indagar es parte de mi trabajo. Es lo que mejor se me da. Por eso encontramos a Petula. Y a Carla.

—¿Te gusta tu trabajo, Brock? —le preguntó Kate de pronto.

—¿A qué te refieres?

—Me refiero a lo que tienes que hacer para obtener información. Sobornando a ancianas y camareros. Indagando para buscar pistas. ¿No te ha molestado alguna vez?

Brock consideró su pregunta unos instantes.

—Supongo que me he acostumbrado a ello. Me gusta tener mi propio horario y hacer el trabajo a mi manera. En la marina me di cuenta de que no me gustaba recibir órdenes.

Ella asintió.

—Mi padre siempre dice que por eso le gusta trabajar de constructor. Él es quien está al mando, aunque tenga que hacer el trabajo para el cual lo han contratado.

—Tony y yo solíamos hablar de trabajar para tu padre —le dijo Brock—. O de montar un negocio de construcción por nuestra cuenta.

Ella se paró en un semáforo.

—Entonces, ¿por qué no lo hicisteis?

—Cambié de planes cuando me echaron del instituto. Decidí que la marina era mi mejor opción. De modo que me alisté, me gradué y nunca volví la vista atrás.

—Nunca me enteré del porqué de aquella pelea. O de cómo empezó.

—Y tampoco me has contado si Winslow te ha enviado más flores. ¿Acaso intentas cambiar de tema?

—No, pero parece que tú sí.

—Eres muy intuitiva, Kate.

Su tono de voz hizo que Kate se volviera

para mirarlo. Estaba muy raro ese día, como si tuviera en la cabeza algo que lo preocupara.

Kate pensó en insistir para que contestase a su pregunta, pero consideró que tal vez el asunto aún lo molestaba. Su instinto le decía que Brock Gannon era un hombre muy orgulloso, de modo que decidió contestar a su pregunta.

—Todd no me ha enviado más flores, pero me ha llamado por teléfono un par de veces. Está en casa de sus padres.

Brock asintió.

—Por eso hay un Lexus negro aparcado en casa de los Winslow.

—En realidad no quiero verlo hasta que no tenga la falda, pero me estoy quedando sin excusas que darle.

Tomó una curva y detuvo el coche delante de una casa de una sola planta, con revestimiento exterior rosa pálido y persianas blancas.

—Si tengo suerte, saldremos hoy de aquí con la falda y no necesitaré darle más excusas.

Brock salió despacio del coche. De pronto deseó que Carla Corona no estuviera en casa, que el destino se interpusiera para prevenir lo inevitable.

Pero la puerta se abrió antes de que Kate

tocara el timbre.

—¿Sí? ¿Qué desean?

—¿Carla Corona? —preguntó Kate.

La mujer vaciló.

—Sí... ¿Quiénes son ustedes?

—Yo soy Kate y este es Brock —dijo, mirándolo a él.

Sabía que a ella no le gustaba su norma de omitir los apellidos. No dejaba de sorprenderlo que Kate fuera tan confiada, y eso le daba aún más motivos para querer protegerla de alguien como Winslow.

—Queremos hablar con usted de la falda negra que compró en el almacén de artículos de segunda mano de Charlie hace un par de días —continuó Kate—. Estoy muy interesada en comprársela.

—¿Los envía Wally? —preguntó Carla, algo más tranquila.

Kate sonrió.

—Si Wally es un chicho con gafas, delgado y pelirrojo, entonces sí. Él nos dio su nombre. Espero que no le importe que nos hayamos pasado.

—Pues no —abrió la puerta—. Por favor, pasen.

Brock siguió a Kate y a Carla hasta un pequeño salón. Carla tenía la casa decorada con todo tipo de antiguallas. Brock se quitó la cazadora y la dejó sobre el brazo de un sofá; entonces se sentó junto a Kate.

Carla hizo lo propio en una mecedora antigua.

—La de Charlie es una de mis tiendas de segunda mano favoritas. Como pueden ver, soy una especie de coleccionista, aunque la falda no era antigua. Simplemente no me pude resistir; no he visto una tela así en mi vida.

—Es rara, sí que es verdad —concedió Kate—. Me dejé la falda sin darme cuenta en un taxi, y acabó en la tienda de segunda mano. Estoy ansiosa por recuperarla y dispuesta a reembolsarle los treinta dólares que le costó.

Carla vaciló.

—Cincuenta —le ofreció Kate con desesperación.

Brock se vio obligado a participar en la conversación.

—Le daremos hasta cien dólares. La falda tiene un importante valor sentimental para nosotros.

Carla sacudió la cabeza.

—Lo siento, pero incluso aunque quisiera vendérsela no podría.

Kate se quedó boquiabierta.

—¿Por qué no?

—Porque ya no la tengo.

—¿Que no la tiene? —dijeron Brock y

Kate al unísono.

—Mi marido y yo tomamos el *ferry* a Victoria ayer. Me puse la falda —Carla se aclaró la voz—. Sin saber cómo, acabamos en una zona del barco donde nadie nos veía. Una cosa llevó a la otra y, de pronto, la falda salió volando por la borda, además de la camisa y la corbata de mi marido.

Kate tragó saliva.

—¿Por la borda? ¿Quiere decir en el Estrecho de Puget?

Carla asintió, ruborizándose levemente.

—Mi esposo y yo nos dejamos llevar sin darnos cuenta. Si quiere que le diga la verdad, jamás lo he visto así. Normalmente es tan tranquilo y aburrido —en su cara se reflejó una expresión cálida—. Fue maravilloso.

—¿La falda se... hundió? —preguntó Kate, como si aún no hubiera asimilado el giro que habían dado los acontecimientos.

La mujer se encogió de hombros.

—Supongo que tal vez flotara un rato. O tal vez se enganchara en la hélice del barco y acabara hecha pedazos —se puso más colorada—. Tuve que esperar detrás de una lona impermeable hasta que mi marido me trajo una toalla de la tienda del Victoria Clipper para ponérmela a la cintura. Pasé mucha vergüenza.

Kate se arrellanó en el sofá. Se acabó. La

falda había desaparecido. Después de tantos planes. Después de tantos sueños. Todo había terminado.

—Lo siento tanto —dijo Carla, frotándose las manos—. No tenía idea de que la falda fuera suya o de que la estuviera buscando.

—No pasa nada —dijo Kate con voz apagada.

Brock le tomó la mano y se la apretó, y después entrelazó los dedos con los suyos.

—¿Estás bien?

Asintió y se puso de pie.

—Estoy bien. Pero creo que será mejor que nos marchemos. Ya le hemos hecho perder a la señora Corona demasiado tiempo.

—Tengo un par de faldas negras en el ropero —le ofreció Carla—. No son tan bonitas como la otra, pero si está muy desesperada...

—Gracias, ya se me ocurrirá algo —contestó Kate antes de salir por la puerta.

—¿Estás segura de que estás bien? —le preguntó Brock mientras la seguía hasta el coche.

—No lo entiendo —dijo, caminando con rapidez y sin volver la cabeza—. ¿Por qué está tan empeñado el destino en que me quede soltera? Cada vez que estoy cerca de encontrar al hombre perfecto, ¡zas! El destino me lo arrebata —se detuvo en la acera y se volvió hacia él—. ¿Qué estoy haciendo mal? Lo único que quiero es un hombre que me ame. Casarme y tener una familia. ¿Es mucho pedir?

Brock tragó saliva con dificultad.

—Creo que no se lo estás preguntando a la persona adecuada, Kate. No creo en el destino. Pienso que a veces la vida nos da golpes, por eso tenemos que encontrar el modo de sobrevivir. La felicidad es un beneficio extra para los que tienen la suerte de encontrarla —fue a acariciarla, pero se contuvo—. Pero si alguien merece ser feliz, eres tú, Kate.

Ella aspiró hondo, temblando.

—Gracias, Brock. Y siento haberme quejado tanto. Se me pasará. Solo tengo que acostumbrarme a la idea de que la falda ha desaparecido.

Él asintió.

—Me he dejado la chaqueta en casa de la señora Corona. Espera aquí, ahora mismo vuelvo.

—Tómate tu tiempo. Tengo que mirar mis mensajes de todos modos.

La vio subirse en el coche y sacar su teléfono móvil. Entonces se dio la vuelta y regresó a la casa.

Carla estaba a la puerta con su cazadora en la mano. Se la pasó a Brock.

—Aquí tiene.

—Gracias —murmuró.

—No, gracias a usted —Carla contestó con una sonrisa—. Nunca he ganado quinientos dólares con tanta facilidad en mi vida. La falda está metida en la manga de su cazadora, tal y como usted me pidió.

—Bien —dijo, sintiéndose como un gusano.

No había pensado que Kate fuera a tomarse lo de la falda tan a pecho. ¿Estaría de verdad tan empeñada en ganarse a Winslow?

Carla alzó el fajo de billetes que había sacado del bolsillo de su cazadora.

—Supongo que las clases de arte dramático que di en el instituto me han venido bien.

Brock se volvió sin decir nada y regresó junto a Kate. El hacer el trato con Carla Corona de forma anticipada había sido uno de los tratos más bajos que había hecho en su vida. Pero, ¿qué otra alternativa tenía? Su misión era recuperar la falda y la había cumplido. Además, ¿acaso prefería que Kate se pusiera la falda para salir con Winslow? De hacerlo, la siguiente fiesta de los Talavera sería sin duda la de la boda de Kate.

Sacudió la cabeza, disgustado consigo mismo. Él no creía en los supuestos poderes de la falda. ¿O acaso sí? A pesar del empeño de Kate en lo contrario, él no lo creía. No, por supuesto que no.

Pero no pensaba arriesgarse cuando la felicidad de Kate estaba en juego.

Entonces abrió la puerta del coche y la encontró llorando a moco tendido.

Brock se sentó en el asiento del copiloto y la abrazó.

—Kate, ¿qué te ocurre?

—Nada —dijo entre sollozos—. Estoy bien. De verdad. Ignórame y ya está.

Pero sus lágrimas le mojaban la camisa, y Brock no podía ignorarla.

—Kate, ¿qué tienes? ¿Estás disgustada por lo de la falda?

Ella dejó de llorar y le sonrió.

—Supongo que es eso, el nerviosismo de los preparativos de la fiesta y la separación de mis padres. Pero sobre todo es por la estupenda noticia que acabo de recibir de Tony. Acaba de dejarme un mensaje en el buzón de voz del teléfono.

—¿Qué estupenda noticia?

—Su esposa Elena está embarazada.

Brock le acarició el sedoso cabello y, al verla tan llorosa, se le encogió el corazón.

—Felicidades, tía Kate.

—Gracias —se limpió las lágrimas—. Según el mensaje, llegarán a Seattle el día de la fiesta. Van a esperar hasta entonces para decírselo a papá y mamá. Por supuesto, Tony no sabe nada aún de la separación. No quería preocuparlo.

Brock le enjugó una lágrima de la mejilla.

—¿Estás segura que te encuentras bien?

Kate asintió, pero los labios le temblaron un poco.

—Lo siento. No sé lo que me ha pasado. Yo nunca lloro.

—No te preocupes —susurró, y entonces se inclinó hacia delante y le dio un beso en la mejilla. Después la besó en la otra mejilla con mucha suavidad, saboreando el sabor salado de las lágrimas. El beso siguiente fue junto a los labios.

—Brock, yo...

Pero la acalló con la boca, embriagándose en la dulzura de sus labios. ¿Cómo podía Kate creer en ningún momento que necesitaba una falda para que un hombre se enamorara de ella?

Sin duda, merecía a alguien mejor que Winslow.

Y merecía a alguien mejor que él.

¿Qué tenía que ofrecerle? Había abandonado el instituto y en su currículum no había más que un breve periodo en la marina y un título de graduado escolar. Había aprendido a bandeárselas solo y se había convertido en un hombre rico.

Pero sabía que a Kate no la impresionaría el dinero. Quería que ella se sintiera orgullosa de él, pero las experiencias pasadas le habían enseñado que eso no siempre resultaba fácil. Maldita sea, si ni siquiera su propio padre lo había querido. Y Kate tampoco lo querría, sobre todo si se enteraba del trato que había hecho con Carla.

Se apartó de ella bruscamente, asqueado consigo mismo de nuevo.

—Será mejor que nos vayamos. He quedado con tu padre en uno de los terrenos en construcción esta tarde.

Ella lo miró un momento, entonces se volvió hacia el salpicadero y arrancó el coche. Al agarrar el volante le temblaron un poco las manos.

—Gracias, Brock —dijo mientras se incorporaba al tráfico.

Su gratitud lo hizo sentirse aún peor.

—¿Gracias por qué?

—Por ayudarme a buscar la falda. Agradezco mucho todo lo que has hecho, aunque no hayamos tenido éxito. Y te devolveré todo lo que te has gastado.

Él cruzó las piernas y sintió el bulto de la falda guardada en la manga de la cazadora. Se sentía como una rata de cloaca.

—Olvídalo.

—No —contestó Kate, negando con la

cabeza—. No puedo olvidarlo así sin más. Sobre todo, después de todo lo que has hecho.

Brock apoyó la cabeza sobre el cristal de la ventanilla y cerró los ojos. Le dolía la cabeza, y las palabras de Kate se repitieron una y otra vez en su pensamiento.

«Todo lo que has hecho».

Si ella supiera.

Capítulo once

KATE quería alejarse de Brock lo antes posible. Se inventó una excusa y después escapó a su habitación del hotel por el ascensor de personal.

Estaba avergonzada por venirse abajo de ese modo delante de él. Tenía las mejillas coloradas de tanto llorar y de la agitación que le habían producido sus besos. Se dejó caer en el sofá y se tapó la cara con las manos. ¿Por qué la había besado? ¿Sería para consolarla? ¿Por pena? Ese pensamiento le produjo náuseas. No quería que Brock se compadeciera de ella. Ni que él creyera que estaba tan desesperada, que necesitaba una falda para atraer a un hombre.

Lo cual la hizo plantearse una cuestión aún más preocupante. ¿Por qué se había apartado de ella de ese modo? ¿Acaso había temido que se hiciera ilusiones con respecto a él? Le había dicho claramente que no pensaba quedarse en Seattle. Tal vez él pensara que se estaba comportando de manera noble.

Kate sacudió la cabeza, más confundida que nunca. Brock la deseaba, de eso se había dado cuenta el primer día, cuando la había visto con la falda. Pero los besos de esa tarde no habían sido de deseo. Habían estado llenos de dulzura, de ternura, de cariño. Se le formó un nudo en la garganta al pensar que un hombre pudiera quererla así. Pero para toda la vida, no solo unos momentos robados en un coche.

Sonó el teléfono, salvándola de la autocompasión. Levantó el recibidor y se aclaró la voz, rezando en secreto para que fuera Brock.

—¿Diga?

—Esta vez no pienso aceptar un no por respuesta.

Ella sonrió.

—Hola, Todd.

—Cenamos en Canlis. A las ocho. Yo seré el tipo que veas paseándose con nerviosismo en el vestíbulo, preocupado por si me das plantón.

Kate se echó a reír, preguntándose por qué había estado tan reticente a verlo. Solo era Todd, el chico que conocía desde los cinco años.

—De acuerdo.

—¿De acuerdo? ¿Es eso un sí? ¿Puede darme eso por escrito, señorita Talavera?

Había llegado el momento de dejarse de excusas. Estaba empeñada en olvidarse de

Brock Gannon de una vez por todas.

—Estaré allí. Te lo prometo.

—Estupendo. Fantástico —bajó la voz un poco—. Estoy deseando verte otra vez, Kate.

Kate colgó, repasando mentalmente el contenido de su ropero para decidir qué se ponía. Llevaba tantas semanas planeando ponerse la falda, convencida de que le solucionaría la papeleta. Al final tendría que impresionar a Todd ella sola, sin ayuda de nada. Al menos de ese modo, si las cosas funcionaban entre los dos, jamás tendría que preguntarse si se había fijado en ella de verdad, o si lo había seducido el poder de la falda.

Se puso derecha, fue a su dormitorio y buscó en el ropero. Finalmente sacó un vestido que se había comprado en Nueva York cuando había estado con Chelsea. El vestido de fiesta rojo con escote palabra de honor también tenía su magia. El corte enfatizaba la turgencia de sus pechos y la cintura. Como le llegaba por encima de la rodilla se le veían las piernas, que las tenía muy bonitas.

Dejó el vestido sobre la cama y se maquilló cuidadosamente. Después se hizo un moño de estilo francés. Por una vez logró domar sus rebeldes rizos, pero por si acaso se aplicó un poco de laca para que no se le salieran de las horquillas. En su bolsa de pinturas encontró una barra de labios del mismo color que el vestido, y en el ropero unas medias nuevas.

Tal vez el destino estuviera finalmente de su parte.

Como remate se puso un par de zapatos de tacón rojo que le habían costado más de lo que ganaba en un día y se echó un vistazo en el espejo. Entonces guardó las llaves del coche, el carmín, una billetera en un bolso de vestir y fue hacia la puerta. Kate se sorprendió de lo tranquila que se sentía ante la inminente cita con Todd. Había soñado con verlo desde que él le había contestado a su invitación a la fiesta. Por fin había llegado el momento, y Kate tenía la intención de aprovechar la ocasión al máximo.

Las puertas del ascensor se abrieron al llegar al tercer piso y Brock pestañeó.

—¿Kate? ¿Eres tú?

—Hola, Brock. Salgo en este momento.

Brock la observó de arriba abajo y de abajo arriba con expresión de asombro. Momentáneamente pareció quedársele atrofiado el pensamiento. Entonces aspiró hondo, intentando no pensar que era la mujer más impresionante que había visto en su vida.

—Tu padre y yo vamos a echar unas cuantas partidas de bolos. Venía a ver si te apetecía unirte a nosotros.

Se metió en el ascensor con él y pulsó el botón del primer piso.

—Gracias, Brock. Estaré encantada cualquier otro día, pero esta noche ya tengo planes.

Las puertas se cerraron y el corazón se le encogió.

—¿Con Todd?

Kate asintió.

—Acaba de llamarme. Vamos a ir a cenar por ahí.

Él se cruzó de brazos con impaciencia.

—¿Y así es como piensas ir vestida?

Ella se miró el vestido y frunció el ceño.

—Sí. ¿Qué tiene de malo? ¿No te gusta?

—A mí me parece un poco corto. Hace frío en la calle. Podrías pillar una neumonía con un vestido así.

Kate sonrió.

—Bueno, no me preocupa mucho. Voy a llevarme el coche, que tiene una calefacción estupenda y está aparcado en el garaje del hotel.

Su tono provocador solo lo hizo sentirse aún peor.

—Supongo que también estará climatizado el restaurante; aunque en cuanto le dé las llaves del coche al mozo, tendré que caminar unos pasos hasta la puerta del local.

Sonó un timbre y las puertas del ascensor se abrieron con suavidad. Para sorpresa suya, Brock la siguió hasta el aparcamiento.

—¿A qué hora piensas volver?

—Si tengo suerte, volveré mañana a la hora del almuerzo.

Sus palabras lo dejaron helado, y Brock se detuvo en seco. Se volvió y se despidió de él con la mano, antes de cruzar con energía la puerta que llevaba a donde estaba su coche. Sentía un suave calor en las mejillas y un cosquilleo en todo el cuerpo. ¡Brock estaba celoso! Ningún hombre había reaccionado así por ella. Su reacción la hizo sentirse más femenina y más confiada en cuanto a su cita con Todd.

No habría cubierto ni medio kilómetro del trayecto cuando sonó el teléfono móvil.

—¿Diga?

—De acuerdo —dijo Brock sin preámbulos—. Tal vez haya intentado protegerte demasiado. Pero nunca he tenido una hermana, así que supongo que he exagerado un poco. Estando Tony en Brasil, alguien tiene que cuidar de ti.

¿Una hermana? Kate agarró el móvil con fuerza. ¿Brock la consideraba como una hermana?

—Pues no me has estado besando como un hermano, que se diga —respondió muy disgustada.

Brock no dijo nada.

—Siento lo que pasó.

¿Qué era lo que sentía? ¿Lo de hacer de hermano mayor, o haberla besado? Kate decidió que no quería saberlo.

—Tengo que dejarte ahora.

—Espera un momento —la interrumpió Brock—. Eso que has dicho de llegar a casa mañana a la hora del almuerzo... Solo lo has dicho para que no meta las narices, ¿verdad?

Esa había sido exactamente la razón, pero Kate no pensaba reconocerlo.

—No estoy segura de lo que haré. Todo depende de Todd.

Brock murmuró algo entre dientes que Kate no entendió.

—¿Has dicho algo? —le preguntó.

—No. Que te diviertas, Kate —dijo antes de colgar.

Kate se dejó el teléfono a la oreja unos segundos antes de colgar ella también. ¿Qué derecho tenía a estar enfadado? Primero la besaba sin ningún recato, y después se ponía a hacer de hermano mayor.

—No pienses ahora en Brock, Kate —se dijo en voz alta, y encendió los limpiaparabrisas para retirar la fina bruma que cubría las lunas—. Olvídate de él.

Pero con la misma persistencia de la lluvia, Brock invadió sus pensamientos durante todo el trayecto al restaurante. No lo entendía, pero no por eso dejaba de desearlo ni de fantasear con él en el momento más inoportuno. Como en ese momento, al entrar en el vestíbulo del restaurante, esperando a conocer al hombre de sus sueños. Aspiró hondo, preguntándose si sería el vestido lo que parecía ahogarla o un ataque de nervios repentino.

—¿Kate? ¿Kate Talavera? ¿Eres tú de verdad?

Se volvió y lo reconoció al instante. Todd era tan rubio como aparecía en televisión, aunque últimamente había cambiado la melena rizada por un corte muy estiloso. Tenía los ojos de un azul brillante y limpio, y el mismo hoyuelo en la barbilla que tanto lo favorecía. Se acercó a ella, más guapo con aquel traje sastre color gris que con el uniforme de béisbol.

Ella sonrió y le tendió la mano, recordando lo mucho que lo había adorado en la adolescencia.

—Hola, Todd.

Él sacudió la cabeza, anonadado.

—Me has dejado sin aliento, Kate. No puedo creer que seas tú de verdad.

Kate dio las gracias en silencio a su amiga Chelsea por insistir en que se comprara aquel vestido.

—Pues soy yo. Tú no has cambiado casi nada.

Él esbozó aquella misma encantadora sonrisa que Kate recordaba tan bien.

—Que no te oigan mis accionistas. Ellos no saben que estuve a punto de suspender las matemáticas en el instituto.

—No es cierto —contestó mientras el *maître* los acompañaba a su mesa—. Que yo recuerde, sacaste la nota más alta de la clase.

—Gracias a que me prestaste todos tus apuntes —aceptó la carta de vinos que le ofreció el *maître* y seguidamente pidió una botella en un francés perfecto.

Jamás había estado en Canlis anteriormente y la impresionaron tanto los decorados como la clientela. Una sola vela parpadeaba en el centro de la mesa donde se habían sentado.

—Dime, ¿por qué decidiste por fin aceptar mi invitación esta noche? —Todd sonrió; tenía los dientes tan blancos, que Kate se preguntó si llevaría fundas.

Le devolvió la sonrisa, intentando dar con una respuesta adecuada. Según Gwen, a los hombres les encantaba la emoción de la caza.

La cuestión era: una vez que Todd la tuviera, ¿querría de verdad seguir con ella?

Llegó una señorita a servirles el vino, y Kate dejó su respuesta para otro momento. Todd se tomó su tiempo para probar el vino, pero finalmente asintió en señal de aprobación. Se preguntó si su padre y Brock estarían pasándolo bien en la bolera. Una vez, Sid había llevado a Tony, a Brock y a ella a esa bolera cuando eran jovencitos. Brock nunca había pisado antes una bolera, lo cual en ese momento le pareció asombroso. Había seguido al pie de la letra cada consejo que le había dado Sid para lanzar la bola, y Kate recordó que al hacerlo se había puesto tan serio, que ella y Tony se habían echado a reír. Después, ella y Brock habían compartido un cucurucho de almejas fritas. Qué extraño que nunca hubiera pensado en ese día con anterioridad.

—Creo que te gustará esta cosecha en particular —dijo, mientras levantaba su copa—. Me he convertido en un entendido en vinos.

Kate dio un sorbo al vino, encontrándolo algo dulce para su gusto.

—¿Cómo están tus padres? Deben estar contentísimos de tenerte en casa unos días.

—Sí, pero siguen tan cabezotas como siempre —contestó Todd—. Llevo años intentando convencerlos para que se muden a California, pero no quieren abandonar su barrio de toda la vida.

—No puedo imaginarme el barrio sin ellos.

Él asintió.

—Al final he dejado de intentarlo. Quién sabe, tal vez algún día decida volver a Seattle.

Las palabras le produjeron una extraña sensación en el estómago. O tal vez fuera el efecto del vino caro. Ella solía gastarse trescientos dólares en cosas como las reparaciones de su coche, no en una botella de vino. Tomó otro sorbo, acostumbrándose poco a poco al sabor.

—¿Te importa si me tomo la libertad de pedir yo la cena? —le preguntó mientras abría el menú.

—Por favor, adelante.

Ella bebió de la copa despacio mientras él le pedía la cena al camarero. Se preguntó cómo un hombre tan apuesto, encantador y rico seguía soltero. Claro que, también Brock estaba soltero y jamás se lo había cuestionado. En realidad, lo complacía el hecho de que ninguna mujer lo hubiera llevado al altar.

—Tienes que decirme dónde encontraste ese vestido tan explosivo —le dijo Todd una vez que se había marchado el camarero.

Tomó la botella y le llenó la copa.

—En Nueva York. Fui en Navidad para asistir a la boda de una amiga.

—¿Fue en Saks? —adivinó—. Hacemos algunas rebajas estupendas de sus artículos.

—Ah, ¿te refieres en tu cadena de venta?

Él asintió.

—Cuesta mucho estar por encima de la competencia. El secreto es ofrecer al cliente mercancía de calidad, o al menos mercancías que tengan aspecto de ser caras pero por un precio razonable. La gente siempre está buscando ofertas.

—¿Cuál es tu artículo estrella? —le preguntó mientras su pensamiento volaba de nuevo a la bolera.

Sus padres solían pertenecer al club de parejas. Se preguntó por qué habían dejado de jugar. Tal vez fuera cierto que se habían distanciado. Kate, desde luego, no se había dado cuenta. Y estaba claro que su padre tampoco.

—Entonces tenemos un pequeño inventario de líderes en pérdidas —dijo Todd.

Kate pestañeó, dándose cuenta de que no le había estado prestando atención.

—¿En serio? Qué interesante.

—El *marketing* se parece a la pesca —le explicó Todd—. Quieres colocar en el anzuelo algo a lo que el cliente no sea capaz de resistirse y, una vez que los consigues, tienes que atraerlo con verdaderas ofertas.

Kate consiguió prestar atención a la conversación durante toda la cena, y aprendió más del negocio de venta por televisión de lo que necesitaba saber. Cuando terminaron el postre, Kate bostezó disimuladamente, tapándose la boca con la mano.

—Ha sido estupendo volver a verte —dijo Todd mientras el camarero retiraba los platos—. Estás mucho más guapa de lo que había imaginado.

Ella sonrió.

—Finalmente me di cuenta de que el *look* zepelín ya no se llevaba.

—Nunca me pareciste un zepelín —contestó él—. Siempre me pareciste muy guapa. Sobre todo, esos ojos marrones tan bonitos que tienes.

Sus palabras la enternecieron y se sintió culpable por haber estado pensando en otras cosas durante la conversación. Seguramente él estaría nervioso y habría pensado que hablar de su trabajo sería un modo de rellenar los incómodos silencios.

Había sido un día lleno de emociones buenas y malas. Primero, el disgusto de perder la falda; después, los besos de Brock; y por último, la noticia de que iba a ser tía. No la extrañaba en absoluto que estuviera distraída.

—¿Podemos volver a quedar otro día? —le preguntó Todd—. Dentro de poco.

—Me gustaría —contestó Kate sin mentir.

—¿Qué te parece mañana por la noche?

Ella se echó a reír.

—Eso sí que es pronto.

—Por favor, di que sí.

—Sí —contestó ella, sin querer pensárselo dos veces.

A pesar del aburrido tema de conversación de la cena, Todd era el hombre perfecto para ella.

Salieron del restaurante y esperaron a la puerta hasta que el mozo les acercó sus coches.

—Me lo he pasado muy bien, Kate — Todd se acercó un poco más a ella.

Kate aspiró hondo en cuanto se dio cuenta de que Todd iba a besarla.

Sus labios rozaron los de ella con suavidad. No fue más que un roce, pero algo con lo que había soñado desde los catorce años.

Pasado un momento, Todd se apartó de ella y la miró a los ojos hasta que el ronroneo de un motor rompió la magia del momento.

—Te espera tu carroza, Cenicienta.

Se dirigió casi flotando a su coche, contenta de no ser ella una calabaza.

Capítulo doce

—PARECES algo distraído esta noche —dijo Sid Talavera mientras anotaba la puntuación final del partido de bolos—. Te he ganado por una diferencia de más de cuarenta bolos.

—Han debido de sentarme mal todas esas almejas fritas que he comido —dijo Brock, y le pasó un billete de diez dólares.

—Recuerdo cuando jugaba con Rose. Cada vez que le ganaba, ella empezaba a cantar «No puedo dejar de quererte» para distraerme. Esa era la canción que sonó en la radio la primera vez... —se aclaró la voz—. Bueno, da igual.

—Deberíamos haber invitado a Rose a venir con nosotros esta noche —dijo Brock—. Me encantaría volver a verla.

—Es ella la que se ha marchado —comentó Sid rápidamente—. Y por lo tanto, la que debe hacer la primera llamada. Pero aún no entiendo por qué no ha venido Katie. Le encantan los bolos. Creo que la hacen trabajar mucho en ese hotel.

Brock se agachó para deshacerse los lazos de las zapatillas.

—Bueno, en realidad tenía una cita. Con Todd Winslow.

Sid arqueó una ceja.

—¿El chico de los Winslow? Rose lo vio hace unos meses en California. Parece ser que se ha labrado un estupendo porvenir.

—Es un cretino egoísta —soltó Brock—. Kate estaría mucho mejor sin él.

—¿De verdad? —Sid se cruzó de brazos—. Sé que le diste una buena paliza en el instituto, aunque aún no sé por qué. ¿Aún sientes rencor, o tienes razones para pensar que no es el hombre adecuado para mi chica?

Brock apretó la mandíbula.

—Es una corazonada.

Sid asintió.

—A mí me ha pasado antes. Aunque a veces resulta confuso, sobre todo cuando un hombre no piensa con la cabeza. Por supuesto, tú fuiste el que me pediste que te acompañara a la bolera. No sé por qué no se lo pediste a Kate.

—Es complicado.

—La vida siempre es complicada —agarró la bolsa y se dirigió hacia la barra—. Como yo he ganado hoy, te invito a una cerveza antes de irnos.

—Me parece justo —contestó Brock mientras colocaba las zapatillas sobre un mostrador.

Cuando llegaron al bar, Brock miró el reloj que colgaba de la pared. Marcaba quince minutos más que su reloj de pulsera.

—¿Tienes hora, Sid?

—Tu reloj va bien —contestó Sid sin mirar el suyo—. Lo ponen quince minutos adelantado para deshacerse de los rezagados cuando quieren cerrar.

—Claro —dijo Brock, sintiéndose ridículo.

Sabía de aquella práctica. Había estado en bares de todo el mundo, incluyendo el bar propiedad de Dooley, que hacía lo mismo con sus relojes.

Sid pidió dos jarras heladas de cerveza y se puso a hablar con Brock.

—Tal vez deberías llamarla. A ver qué tal le fue la cita.

—No creo que a Kate le haga mucha gracia mi interrupción.

—Quizá no. Pero es mejor que andar deprimido como has estado tú toda la noche.

Brock no sabía que se le hubiera notado tanto.

—No soy el único que ha estado deprimido por culpa de una mujer.

Sid frunció el ceño.

—Lo mío es distinto.

—¿Por qué?

Sid dio un trago de cerveza.

—Lo es y punto.

—Haremos un trato —dijo Brock, inspirado por la testarudez repentina de Sid—. Yo llamaré a Kate si tú llamas a Rose.

—¿Y qué le digo a mi esposa? —preguntó Sid—. ¿Que venga a casa? Pero, ¿y si decide no hacerlo?

—Tal vez tengas que pedírselo de otro modo. ¿Por qué no empiezas despacio? Invítala a salir.

Sid lo miró como si estuviera loco.

—¿Pedirle a mi esposa que salga conmigo?

—¿Y por qué no? ¿Cuándo fue la última vez que la llevaste a algún sitio bonito?

El hombre se encogió de hombros.

—Solemos ir a un bar cerca de casa, donde televisan el béisbol, a cenar el especial de los sábados. Puedes comer un montón de enchiladas.

—No, me refiero a algún sitio romántico —le aclaró Brock—. Un lugar donde haya velas, música de violines, servilletas de lino...

—No.

—Kate iba a Canlis esta noche. Deberías haberla visto, Sid. Estaba preciosa. Imagínate, darle a Rose la oportunidad de arreglarse así para ti. Tú podrías ponerte un traje, una bonita corbata, y recogerla en tu coche. Incluso podrías buscar la cinta de «No puedo dejar de quererte» y ponerla mientras vas conduciendo. ¿Quién sabe adónde puede llevarte?

Sid se frotó la barbilla.

—Sabes, tal vez no sea tan mala idea.

Brock sacó su móvil del bolsillo.

—Lo único que tienes que hacer es marcar los números.

Dos horas después, Brock se paseaba de un lado a otro delante de la habitación de Kate en el hotel. Eran casi las dos de la madrugada y aún no había vuelto de la cita.

O tal vez sí. Tal vez ella y Winslow estuvieran en ese momento en su habitación. En su cama. Dejó de caminar. El corazón se le encogió solo de pensar en ello. De ser así, él no podría hacer nada.

Se dio la vuelta y regresó despacio al ascensor. Apretó el botón de llamada y vio cómo el aparato ascendía hasta detenerse en su planta.

Las puertas se abrieron despacio y allí estaba Kate, junto con una pareja de señores mayores.

Al verlo pestañeó con sorpresa.

—Tenemos que dejar de vernos así.

Brock sintió un gran alivio al encontrarla allí. Estaba de vuelta. Y sola.

—Quería hablarte de tus padres.

—¿A las dos de la madrugada? —salió del ascensor seguida de la pareja, que continuaron pasillo adelante—. ¿Llevas aquí todo este rato?

—Acabo de llegar —dijo, considerando las dos últimas horas como unos minutos—. Pensé que estarías de vuelta ya.

—En realidad volví hace un par de horas. He estado trabajando en mi despacho.

Brock se animó considerablemente.

—¿De verdad?

—De verdad. Bueno, ¿qué pasa con mis padres? Espero que sean buenas noticias.

—Las mejores. Han quedado para salir a cenar mañana por la noche.

Ella se puso muy contenta.

—¡Qué bien!

—Convencí a tu padre para que llevara a Rose a Canlis. La llamó y ella aceptó.

—Oh, Brock —se tiró a su cuello y lo abrazó—. Muchísimas gracias.

Él la abrazó a su vez, saboreando el embriagador aroma de su perfume, y se excitó rápidamente al sentir sus senos aplastándose contra su pecho. Quería levantarla en brazos y llevarla a su habitación, tumbarla en su cama y no dejarla salir de allí hasta que se olvidara de Todd Winslow o de cualquier otro hombre que hubiera conocido.

Pero ella se apartó de él antes de que

Brock pudiera llevar a cabo su impulsivo plan.

—Qué contenta estoy. Llamaré mañana a mamá y la invitaré al balneario del hotel para hacerse un tratamiento completo: manicura, pedicura, limpieza de cutis... En fin, todo para estar guapa.

Brock observó el rápido movimiento de su pecho, causa de la emoción. El escote revelaba la parte superior de sus senos, y Brock sintió de pronto deseos de besárselos. Se pasó la lengua por los labios.

—Me parece una idea estupenda.

—No sé cómo agradecértelo.

A él se le ocurrieron muchísimas maneras. O solo una. Una noche perfecta con Kate Talavera entre sus brazos.

—No tienes que darme las gracias. Veamos primero si funciona.

—Funcionará. Tiene que funcionar.

—¿Qué tal tu cita?

Ella vaciló.

—Agradable. Muy agradable.

—¿Estás libre mañana por la noche? —le preguntó impulsivamente—. Desde que hablé con Carla Corona he estado pensando en dar una vuelta en uno de esos barcos.

Kate puso cara de fastidio.

—Oh, Brock, lo siento. Ya tengo planes.

Él apretó los dientes.

—¿Con Winslow?

—Sí.

—Entiendo. Bien, buenas noches, Kate —dijo, y presionó de nuevo el botón del ascensor.

Ella vaciló.

—Buenas noches.

Y entonces se marchó a su habitación.

Brock sabía que se estaba comportando como un imbécil. Ella tenía derecho a salir con quien quisiera, incluso con Winslow. Además, el decir que la cita había sido «agradable» le había dado esperanzas, al igual que la falta de entusiasmo en su voz.

De pronto oyó gritar a Kate. Se volvió y miró hacia el final del pasillo. Ella estaba de pie delante de la puerta abierta de su habitación, con expresión horrorizada. Entonces corrió hasta ella lo más rápidamente posible. Uno de los guardas de seguridad que estaba haciendo la ronda en esa planta llegó junto a ella al mismo tiempo.

—¿Qué ocurre? —preguntó Brock.

Pero ella no tuvo que decirle nada. Él mismo vio el estado de la *suite* con sus propios ojos. Los muebles estaban volcados, los cuadros arrancados de las paredes. La cocina empotrada también había quedado destrozada. Habían sacado los cajones y desparramado el contenido por el suelo. Los armarios estaban abiertos y el mostrador lleno de latas y cartones de comida.

Kate se estremeció.

—¿Quién habrá podido hacer algo así?

El guarda de seguridad habló por radio y pidió que llamaran a la policía. Entonces comprobó las habitaciones para asegurarse de que el intruso se había marchado.

—No hay nadie —dijo el hombre, invitándolos a pasar—. Bajaré al vestíbulo a esperar a la policía. Cuanto menos revuelo se produzca, mejor para los huéspedes del hotel. Por favor, intenten no tocar nada.

Al momento siguiente se quedaron solos, aunque la presencia del intruso permanecía en las habitaciones.

—No lo entiendo —dijo con voz entrecortada—. ¿Quién podría haber hecho algo así? Aquí no hay dinero ni objetos de valor.

Excepto la falda, pensaba Brock mientras examinaba los daños.

—¿Crees que falta algo? —le preguntó.

Ella se paseó por la sala; después entró en el dormitorio y salió a los pocos minutos.

—Que yo sepa, no falta nada. ¿Por qué no se han llevado el aparato de televisión? ¿O el microondas?

Brock temió conocer la respuesta. Porque aquel ladrón había entrado allí en busca de algo muy específico: la falda. Dooley le había dicho que más de una persona se la había solicitado. ¿Habría contratado el otro cliente los servicios de otra persona para llevar a cabo el trabajo? Solo de pensarlo sintió náuseas. Si era cierto, entonces Kate podría estar en peligro.

—¿No tienes frío? —le preguntó Kate mientras se frotaba los brazos.

Brock se quitó la americana y se la colocó por los hombros. Entonces la llevó hasta el sofá.

—Te has llevado un susto. Es natural que sientas frío.

—Supongo que tienes razón —dijo, estremeciéndose ligeramente—. Es la primera vez que soy víctima de algo así. No tenía ni idea de lo que se sentía hasta hoy.

Él le echó el brazo por los hombros y la estrechó contra su cuerpo.

—Enseguida te sentirás mejor.

Ella se volvió para mirarlo.

—¿Cómo puedes estar tan seguro? ¿Te ha ocurrido algo parecido a ti?

Él le retiró un mechón de la frente con mucha ternura.

—Una o dos veces. En mi trabajo te cruzas con gente de todo tipo.

Ella sacudió la cabeza con desconcierto.

—Espero que no vuelva a ocurrirme nada igual.

—No volverá a ocurrir —dijo con firmeza—. Te lo prometo.

Ella esbozó una tímida sonrisa.

—¿Cómo es posible que puedas mantener una promesa así?

—Porque no permitiré que ocurra otra vez. Quiero que vengas a mi habitación esta noche. No puedes pasar la noche aquí.

Ella negó con la cabeza.

—No. No me van a echar de aquí. Me las arreglaré.

—Si no quieres venir a mi habitación, me quedaré aquí contigo. Dormiré en el sofá.

—No puedes quedarte siempre conmigo —lo miró a los ojos—. ¿No te parece?

Él vaciló, sin saber muy bien lo que ella quería que dijera.

—Me quedaré hasta que te sientas segura.

Kate se recostó en el sofá y respiró hondo. Brock no sabía si esas eran las palabras que ella quería oír, pero a él le daba vueltas la cabeza. ¿Cómo podía haber dejado que ocurriera algo así? ¿Acaso la atracción que sentía hacia Kate lo había hecho despistarse? ¿Habría pistas que debería haber detectado? ¿Indicios de que había otra persona en busca de la falda?

Veinte minutos después llegó un policía a hacer un informe, junto con un técnico de laboratorio en busca de huellas. Pero a Brock le dio la impresión de que aquello era obra de un profesional. No encontrarían otras huellas en la habitación que las de Kate y las suyas.

—Gracias, oficial —dijo Kate cuando concluyó el interrogatorio; el técnico había cerrado su maletín y esperaba al policía a la puerta—. Por favor, avísenme si averiguan quién ha hecho esto. Y por qué.

—Haremos lo que podamos, señorita. Llámenos si se da cuenta de que le falta algo.

Cuando se hubieron marchado, Kate cerró la puerta y echó el cerrojo. Entonces se volvió hacia Brock. Estaba algo ojerosa.

—Deberías irte a la cama —le dijo él—. Pareces agotada.

—¿Quieres venir conmigo? —le preguntó en tono bajo.

Las palabras brotaron de su garganta antes de que le diera tiempo a pensárselas. Pero no quería retirar lo que había dicho. Quería estar con Brock. Al menos, todo el tiempo que él pudiera darle.

Fue entonces cuando se dio cuenta. Había estado racionalizando su atracción hacia él desde que Bock la había visto con la falda puesta. Pero tal vez estuvieran hechos el uno para el otro. Tal vez el destino hubiera querido que se encontraran casualmente en casa de sus padres. A lo mejor había llegado la hora de dejar de negar sus sentimientos y entregarse al deseo que sentía por él en ese mismo instante. A lo mejor había llegado el momento de seguir los dictados de su corazón.

Solo esperaba que no fuera demasiado tarde. Había pasado más de una semana desde que Brock la viera con la falda. Tal vez el efecto se hubiera pasado.

Brock no se había movido desde su invitación. Dio un paso hacia él y vio que estaba muy tenso.

—¿Y bien?

Brock se aclaró la voz.

—No creo que sea buena idea —dijo con voz ronca.

Kate, a quien tanto le había costado llegar hasta allí, no pensaba darse por vencida tan fácilmente.

—Tal vez pueda hacerte cambiar de opinión.

Oyó que Brock aspiraba hondo cuando ella se acercó a besarlo. Le echó un brazo al cuello al tiempo que empezó a acariciarle los labios con la punta de la lengua. Él separó los labios para dejarle el camino libre, al tiempo que gemía con ganas.

Con la otra mano empezó a desabrocharle los botones de la camisa muy despacio. Entonces le plantó la mano sobre el pecho desnudo, justo encima de su corazón. Brock gimió de nuevo al sentir que ella le sacaba la camisa por debajo de los pantalones y se la retiraba de los hombros. Kate pegó su cuerpo al de él y lo besó justo debajo de la mandíbula.

Brock estaba a punto de perder el control.

—Kate, tenemos que parar.

—¿Por qué? —susurró mientras dejaba caer su camisa al suelo.

¿Por qué? ¿Cómo podía contestar a esa pregunta o a cualquier otra cuando todo su cuerpo le pedía a gritos que la hiciera suya? La urgencia que le apretaba la entrepierna no lo dejaba pensar en otra cosa.

Kate bajó la cabeza y empezó a besarle provocativamente en el pecho, lamiéndolo para saborear primero un pezón y luego el otro.

—¿Me deseas, Brock? —le preguntó en tono suave.

Él cerró los ojos al oír sus palabras. Su aroma lo volvía loco y quería verla desnuda. Tenía que verla. Le metió el dedo por el escote del vestido y lo apartó lo suficiente como para divisar unos pezones rosados y tiesos. La tumbó sobre el sofá y tiró del vestido hasta dejarla desnuda de cintura para arriba, con la intención de poder saborear sus pechos. Brock se tomó su tiempo, deleitándose con la experiencia.

Kate inclinó la cabeza hacia atrás, entrecerró los ojos y disfrutó de las sensaciones que le provocaban las manos y la lengua de Brock. Entrelazó los dedos entre sus cabellos, al tiempo que sus leves gemidos de deseo rasgaban el silencio, inundando sus sentidos.

Su conciencia se debatió con el deseo que sentía cuando notó que ella le echaba mano a la cremallera de los pantalones. Debía parar... Pero no, no lo haría. Sobre todo, después lo mucho que la había deseado. Pero, ¿sentiría ella lo mismo? ¿O solo lo estaba utilizando para olvidar el susto que se había llevado?

Brock la deseaba. Desesperadamente. Pero no así. Sobre todo porque ella podría muy bien desearlo a él por muchas razones, menos por la más importante. Tal vez fuera para sentirse más segura de sí misma, o a lo mejor por comodidad. Le había dejado claro que quería a Winslow. Entonces, ¿por qué aquel repentino cambio de parecer? ¿Acaso aquel cretino le habría hecho daño?

Fuera cual fuera la razón, Brock no quería ser el premio de consolación.

¿Y si hacía el amor con ella y a la mañana siguiente ella se arrepentía? Ese pensamiento apaciguó su deseo y se apartó de ella, a pesar de que su cuerpo seguía latiendo. No podía hacerlo. Ni a sí mismo, ni a Kate.

Ella se incorporó a medias. Respiraba irregularmente. Tenía el vestido arrugado por debajo de los pechos.

—¿Qué pasa?

—No podemos hacerlo —se levantó, le dio la espalda y se subió la cremallera dc los pantalones—. Yo no puedo hacerlo. Ahora no.

—Ah —Kate palideció. Entonces se subió el vestido lo más aprisa que pudo, intentando cubrirse—. Lo siento. No fue mi intención echarme encima de ti. Supongo que estoy algo agotada por todo lo ocurrido —dijo y se puso casi tan colorada como el vestido.

—No te disculpes. Es culpa mía. Jamás debería haberme aprovechado de ti.

—Si mal no recuerdo, soy yo la que te he pedido que pases la noche conmigo —se puso de pie, sin dejar de sujetar el vestido—. No te inquietes. No volverá a ocurrir.

Entonces corrió al dormitorio y cerró la puerta. Segundos después oyó el clic del cerrojo.

—Mierda —Brock se dejó caer en el sofá y se frotó la cara con las dos manos.

¿Cuándo se le había ido de las manos aquella misión?

¿En qué momento se había enamorado de Kate Talavera?

Capítulo trece

CUANDO Brock se despertó a la mañana siguiente, se sorprendió al ver que Kate ya no estaba allí. Había hecho la cama cuidadosamente y ordenado la *suite*.

Se acercó a la cocina y se preparó una taza de café instantáneo. Su camisa seguía en el suelo, donde Kate la había dejado la noche pasada. De no haberle echado el freno, tal vez estuvieran en ese momento juntos en la cama. ¿Por qué de pronto había decidido comportarse noblemente?

Dio un sorbo de café, se acercó a la mesa y se sentó. Entonces marcó el número de Dooley en su teléfono móvil. Esperaba que el hombre siguiera con la costumbre de levantarse temprano.

—Aquí Dooley, dígame —contestó una voz profunda al otro lado de la línea.

—Soy Brock —dijo, y apoyó un codo sobre la mesa—. Necesito que me hagas un favor.

—Solo tienes que decírmelo.

—Quiero saber quién más está detrás de la falda.

—¿Hay alguien compitiendo contigo?

—Posiblemente.

Dooley suspiró.

—El otro tío no me dio ningún nombre. Solo llamó una vez y ya no volví a saber de él. ¿Te está dando problemas?

—Él, o ella, dejó su tarjeta de visita ayer por la noche. La *suite* de Kate quedó patas arriba.

—Entonces, ¿qué hay de la falda?

—La tengo bien segura —le dijo Brock—. Pero no pienso macharme hasta que Kate esté a salvo. Y la única manera de averiguarlo es enterándome de quién más quiere la falda.

—¿Qué sospechas? —preguntó Dooley.

—Parece la obra de un profesional. Tal vez uno de los chicos Gunderson. O tal vez El Comadreja. Ha sido un trabajo a fondo. Me alegra tanto que se fueran con las manos vacías...

—Y yo —contestó Dooley—. Empezaré a husmear y veré qué puedo averiguar.

Brock sabía que el hombre averiguaría algo.

—Gracias, Dooley.

—No me des las gracias a mí —dijo Dooley—. Tengo mis razones para querer que vuelvas a Boston lo antes posible.

—¿Otro trabajo?

—Eso es. Y uno importante. En Río. Quieren el mejor de mis hombres, y ese eres tú, Brock.

—Tal vez esté aquí unos días más —contestó; el pensar en otra misión importante no le produjo ninguna emoción—. O tal vez más.

—¿Si tienes la falda, por qué el retraso?

—Ya te he dicho lo del asalto.

—Y... —insistió Dooley, un hombre de lo más instintivo.

—Y le dije a Kate que me quedaría para la fiesta de aniversario de sus padres. Voy a quedarme al menos para la fiesta. Ya le he contado demasiadas mentiras.

Dooley no dijo nada.

—¿Puedes enviar a Bryant a Río? —le sugirió Brock—. Es bueno. Muy bueno.

—¿No quieres el trabajo?

Brock vaciló.

—Ya no sé ni lo que quiero.

Dooley cambió de tono.

—Tal vez deberías quedarte en Seattle hasta que te aclares —le sugirió en tono comprensivo.

Después de colgar, Brock se terminó el café y se dirigió hacia su habitación. Lo primero que hizo fue mirar debajo de la cama, donde había adherido al somier el paquete en el que había envuelto la falda. Después se metió en la ducha, que optó por dársela fría para dejar de pensar en Kate.

Pero no funcionó.

Se estaba frotando la cabeza con una toalla cuando sonó el teléfono. Contestó inmediatamente, esperando que fuera Kate.

—¿Diga?

—Brock, soy yo, Sid. Tienes que venir. Es urgente.

Aún tenía el cabello húmedo cuando accedió al camino delante de la casa de los Talavera. Sid lo recibió a la puerta.

—El traje no me cabe.

—¿Cómo? —Brock siguió a Sid hasta el salón, donde vio un par de pantalones marrones sobre el brazo del sillón; en la mesa de centro había una americana a juego.

—¡Lo saqué del ropero para ponérmelo esta noche y no me cabe! —Sid se pasó la mano por el cabello canoso—. Me queda pequeño. Sé que hace tiempo que no me lo pongo, pero ni siquiera puedo abotonarme la maldita chaqueta.

—Tranquilo —le dijo Brock—. Hay una solución muy sencilla a este problema. Las mujeres llevan siglos haciéndolo.

—¿Dieta? —aventuró Sid.

—Salir de compras.

—Esto es ridículo —dijo Rose Talavera—. La parafina es para sellar la mermelada hecha en casa, no para untártela por la cara.

Ella y Kate estaban tumbadas en sendos sillones, la una junto a la otra. Habían pasado la mayor parte de la tarde recibiendo tratamiento en distintas partes del cuerpo. Las limpiezas de cutis del balneario del hotel tenían mucha fama, pero estaba claro que a Rose no la había impresionado.

—¿Cuánto me has dicho que cuesta todo esto?

—No importa —contestó Kate, que sentía la tirantez del cutis bajo la mascarilla—. Invito yo.

—Cuando salga, ni tu padre me reconocerá —Rose suspiró largamente—. Tal vez sea mejor.

—Recuerda, mamá, que solo debes pensar en positivo.

Kate había estado intentando seguir ella también el mismo consejo. Cuando Brock la había rechazado la noche anterior, había sentido una vergüenza tremenda; pero a la luz del día había pensado que tal vez él había hecho lo correcto. De no haberse encontrado la *suite* revuelta, jamás se le habría echado encima de ese modo. Su único deseo había sido olvidarse de todo. Perderse entre los brazos de Brock.

Pero incluso en ese momento, mientras se decía a sí misma todas esas cosas, su cuerpo recordaba el modo en que había adorado sus pechos con la lengua, los labios y los dientes, y un delicioso cosquilleo la recorrió de la cabeza a los pies.

—Qué casualidad que las dos tengamos una cita esta noche, ¿verdad? —dijo Rose en tono pensativo a su lado.

—Oh. Sí.

Kate se había olvidado totalmente de Todd. Se estaba convirtiendo en una mala costumbre. Sobre todo porque, antes de llegar Brock a Seattle, no había podido pensar en otra cosa.

Su esteticista empezó a retirarle la mascarilla mientras otra se ocupó de Rose.

—¿Dónde te va a llevar Todd esta noche? —preguntó Rose.

—La verdad es que no lo sé. Me envió otras dos docenas de rosas rojas hoy con una tarjeta que decía que me recogería a las ocho.

Rose suspiró.

—Tal vez Todd debería darle a tu padre un par de lecciones sobre cómo conquistar a una mujer.

—Nunca se sabe, mamá —dijo Kate.

Cerró los ojos y rezó para que Brock hiciera lo imposible y convirtiera a su sensato padre en un casanova.

—¡Ochocientos dólares! —exclamó Sid en un tono lo suficientemente alto para que varios clientes del Butch Blum se dieran la vuelta—. ¿Quieres que me gaste ochocientos dólares en un traje? Ya me he gastado veinticinco dólares en la corbata y cincuenta en la colonia —negó con la cabeza—. A este paso voy a tener que pedir un préstamo si quiero volver a invitar a mi esposa.

—Quieres causarle buena impresión, ¿no? —le preguntó Brock, cruzándose dc brazos.

Llevaba tres horas buscando un traje para Sid, que resultó ser más exigente que ninguna mujer. O los pantalones eran demasiado cortos, o las mangas demasiado largas. Y no había tiempo para hacer arreglos. Cuando por fin habían encontrado el traje perfecto, el hombre se asustaba al ver la etiqueta.

—Podría comprarme cinco trajes en las rebajas por ochocientos dólares. ¿No crees que eso impresionaría más a Rose?

El dependiente que los atendía se adelantó y alisó una arruga de la hombrera del abrigo de Sid.

—Mírese al espejo, señor Talavera. El traje le quita veinte años de encima.

—Le dan comisión, ¿verdad? —dijo Sid, aflojándose la corbata.

—Yo diría que también te hace mucho más delgado —comentó Brock, echándole un vistazo a su reloj—. Has quedado con Rose en el Canlis en menos de una hora, así que decídete.

Sid se volvió para mirarse en el espejo de cuerpo entero.

—¿Crees que a Rose le gustará?

—Me apuesto lo que quieras.

—No me queda dinero para apostar —contestó Sid—. Aunque si no funciona, siempre podría traer el traje y que me devolvieran el dinero.

El dependiente arqueó una ceja.

—No se preocupe —le aseguró Sid, mirándose la parte de atrás—. No pediré ni espaguetis, ni vino tinto, ni nada que pueda manchar.

Brock sonrió disimuladamente.

—Con suerte tendrás alguna mancha de carmín en el traje antes de que termine la noche.

Sid se volvió hacia el dependiente.

—Me lo llevo.

A las siete en punto de esa misma tarde, Kate se inclinó sobre el volante de su Intrepid, aparcado en el aparcamiento del Canlis. Su madre esperaba junto a la entrada principal, atusándose el cabello recién peinado y alisándose la falda de seda de su vestido nuevo.

Oyó el motor de la vieja camioneta de su padre antes de verla. Se detuvo delante de la entrada principal, salió del vehículo y le lanzó las llaves al mozo. Kate apenas lo reconoció con su traje nuevo. Momentos después vio la cara de sorpresa y alegría de su madre.

—No lo pise mucho —le dijo Sid al mozo cuando el hombre estaba a punto de meter la marcha—. Se atasca un poco. Y no toque la radio, la tengo sintonizada donde me interesa.

Kate observó a su padre cuando se volvió hacia Rose. Ambos evitaron mirarse a los ojos, y Kate deseó poder oír lo que se estaban diciendo.

De repente se abrió la puerta de su coche y Brock se sentó a su lado con suavidad.

—Supongo que no soy el único que está nervioso por la cita de esta noche. ¿Tú también los estás espiando?

—Por supuesto —contestó, evitando mirarlo.

La última vez que lo había visto, ambos habían estado medio desnudos. Durante todo el día se había preguntado qué diría cuando volviera a verlo. Y ahí estaba él, en su coche, más guapo y *sexy* que nunca.

—Sid se puso tanta colonia, que el mozo que le estaba aparcando el coche debe estar asfixiándose.

Kate se volvió hacia él, dispuesta a no pensar en lo de la noche anterior.

—No sé cómo darte las gracias por convencer a papá para salir con mamá. Nunca la he visto tan emocionada.

—Estoy para ayudar —Brock ladeó la cabeza—. Pensé que tenías una cita con Winslow esta noche.

—Y la tengo —contestó—. Pero aún queda una hora.

Brock observó el vestido negro de tubo que se había puesto, deteniéndose a mirarla lo suficiente para provocarle un cosquilleo por todo el cuerpo.

—Es bonito. Mucho más calentito que el de anoche.

Nada más decirlo pensó sin poder remediarlo en cómo la había visto por última vez la noche anterior, con el vestido rojo bajado hasta la cintura, los pechos desnudos, los pezones húmedos.

Kate se aclaró la voz y miró hacia delante, contenta de que estuviera lo suficientemente oscuro para que él no se diera cuenta de que se había sonrojado.

—Mamá me prometió que me llamaría en cuanto llegara a casa esta noche —dijo Kate, cambiando inmediatamente de tema—, para contarme cómo ha ido la velada.

—Le pedí a Sid que hiciera lo mismo.

Después podríamos comparar notas.

—Tal vez no haya vuelto cuando me llame —le aclaró Kate—. Me dijo que me dejaría un mensaje en el contestador.

—No hará falta. Yo estaré allí para contestar el teléfono.

—Eso sí que no hará falta. Aprecio tu preocupación, pero el hotel está lleno de seguridad. Y sé cuidar de mí misma. Llevo haciéndolo durante los últimos veintisiete años.

—No discutas esto conmigo, Kate. No vas a ganar.

Pero no estaba dispuesta a ceder.

—¿Cómo se quedará Todd cuando me acompañe a casa esta noche y tú estés esperándome en la habitación?

Brock apretó los dientes.

—¿Estás pensando en subir a Winslow a tu dormitorio?

Ella arrancó el coche, pues no estaba dispuesta a discutir su vida amorosa con Brock. Sobre todo después de no haber querido formar parte de ella, como había hecho la noche pasada.

—Necesito irme.

—Mereces a alguien mejor que Winslow —dijo con cierto fastidio.

—Bueno, como no tengo una fila de hombres esperándome, lo intentaré con Todd.

—Es un imbécil.

Ella se volvió para mirarlo.

—Tal vez haya cambiado en estos últimos doce años. Tú, desde luego, has cambiado.

—Y tú —Brock la agarró del brazo—. No te conformes con un hombre como Winslow. Es superficial y egoísta. Solo sabe recibir, no sabe dar. Siempre ha sido así.

Ella se apartó de él.

—No voy a dejar que un viejo rencor tuyo estropee mi relación con él. Nunca te gustó, Brock. Reconócelo.

—Nunca me fijé en él hasta que... —su voz se fue apagando y se volvió para mirar por la ventanilla.

—¿Hasta que qué? —insistió, deseosa de escuchar una buena razón para plantar a Todd—. ¿Hasta que fue elegido encargado de la clase?

—Estaba dos cursos más abajo que yo —dijo Brock entre dientes—. De modo que poco me importaban sus supuestos logros. Solo que no me gustaba cómo trataba a las chicas.

—Y ya te he dicho que no necesito otro hermano mayor.

Él la miró fijamente y entonces, sin decir más, salió del coche y cerró la puerta. Kate salió del aparcamiento a toda prisa, observándolo por el espejo retrovisor.

No estaba nada contento.
Bien. Así ya eran dos.

Capítulo catorce

—**G**RACIAS de nuevo por una velada tan estupenda —murmuró Todd, avanzando hacia ella.

—Soy yo la que debería darte las gracias.

Estaban a la puerta de su habitación del hotel, y Kate no sabía si debía o no invitarlo a pasar. Había sido una velada mágica, empezando con un fantástico paseo en automóvil al anochecer alrededor del Lago Washington, seguido de una cena íntima para dos en el Cafe Lago Leschi.

Habría sido una velada perfecta si hubiera podido dejar de pensar en Brock Gannon. ¿Cómo se atrevía a hacer el papel de amante celoso? ¿Y qué derecho tenía a decirle a Kate con quién debía o no salir? Sobre todo cuando él no estaba interesado.

—Llevas toda la noche volviéndome loco —dijo Todd, agarrándola de la barbilla con suavidad.

Su mirada le dijo que iba a besarla de nuevo. Kate respiró hondo, aspirando su perfume de marca.

Se inclinó hacia delante y rozó sus labios

con los suyos. Los tenía suaves y secos, como sus manos. Un gemido lujurioso se escapó de su garganta. Se sorprendió a sí misma comparando su técnica con el modo en que Brock la había besado la noche anterior. El beso de Todd era menos peligroso. Menos pasional. Agradable.

El ser agradable no tenía nada de malo, se dijo Kate para sus adentros, mientras Todd empezaba a besarla más apasionadamente. Su lengua buscó camino entre sus labios para introducirse en la boca al tiempo que se inclinaba hacia ella.

El movimiento la obligó a retroceder un paso, y pegó con el codo en la puerta. Al momento siguiente la puerta se abrió y Kate tuvo que agarrarse al brazo de Todd para no caerse hacia atrás.

—Lo siento —dijo Brock con poco arrepentimiento—. Pensé que alguien había llamado.

Todd lo miró unos instantes y enseguida lo reconoció.

—Gannon... —dijo con expresión de pocos amigos—. ¿Qué estás haciendo aquí?

—Necesito hablar con Kate.

—En este momento estoy ocupada —contestó, furiosa con Brock por presentarse en su habitación cuando ella le había pedido que no lo hiciera.

Brock la miró con dureza.

—Esto no puede esperar.

Cuatro chicas en traje de baño pasaron por el pasillo y se los quedaron mirando con los ojos como platos, como si hubieran percibido la animosidad entre los dos hombres. Kate no tenía ninguna gana de hacer de aquello un espectáculo público.

—Por favor, pasa Todd —dijo, adelantándose a Brock hacia el interior de la habitación.

Todd la siguió y entonces se volvió hacia Gannon.

—¿No has oído decir nunca que tres son multitud?

—La verdad es que sí. Puedes marcharte cuando te apetezca.

—Todd se queda —dijo Kate firmemente, señalando a Brock con el dedo—. Tú te vas.

Él se plantó con las piernas abiertas y de brazos cruzados, como si fuera un muro de piedra.

—No me iré hasta que te diga quién entró anoche en tu habitación.

Kate se puso tensa.

—¿Ha llamado la policía?

—No. Pero he estado haciendo algunas averiguaciones —miró a Todd y asintió—. Puedes darle las gracias a Winslow por poner tu habitación patas arriba.

Kate miró a Todd y notó que se ruborizaba ligeramente, pero no supo decir si era de
vergüenza o de rabia.

—No lo entiendo.

—Díselo, Winslow —dijo Brock—. Dile la
verdadera razón por la que estás aquí.

Todd señaló a Brock con agresividad.

—No tengo por qué contarte nada, maldita sea.

Brock se volvió hacia Kate.

—Sabe lo de la falda y quiere utilizarla
como herramienta de *marketing* para vender
imitaciones baratas en su cadena de venta
por televisión.

Todd dio un paso hacia Brock con gesto
de amenaza.

—No sabes ni lo que dices.

Kate no sabía qué pensar. Se sentó; le
temblaban un poco las rodillas. No quería
creer a Brock, pero Todd no lo estaba negando tampoco.

Brock lo ignoró y continuó hablando con
Kate.

—Ha estado intentando enamorarte para
hacerse con la falda. Por eso te envió todos
esos correos electrónicos; por eso te llenó
la habitación de flores y se ha molestado
tanto en salir contigo. Todo ha sido un gran
teatro.

—¿Todd? —dijo Kate, mirándolo a la

cara—. ¿Es eso cierto?

Todd se volvió hacia ella con los puños apretados. Entonces aspiró hondo y se dirigió hacia Kate.

—Seré sincero contigo. Sé de la existencia de la falda, Kate. Mis investigadores han estado siguiéndole la pista desde que salió publicada la historia en la prensa de Nueva York. Fue idea de ellos embarcarnos en una campaña publicitaria en la que la protagonista fuera la falda verdadera.

Brock abrió la puerta.

—Creo que ha llegado el momento de que te marches, Winslow.

Todd lo ignoró. Se arrodilló junto a ella y la miró con aquellos ojos azules muy abiertos y suplicantes.

—Es cierto que la razón por la que acepté la invitación a la fiesta fue para volver a contactar contigo. Pero empezaron a gustarme tanto tus correos, que decidí dejar para otro momento el hacerte una oferta por la falda. Sabía que quería volver a verte, a ver si teníamos otra oportunidad juntos.

—Sal de aquí, Winslow —rugió Brock—. Ahora mismo.

Todd la agarró de la mano y se la apretó con fuerza.

—En cuanto te vi, me olvidé de la falda. Es a ti a quien quiero, Kate. Solo a ti.

Parecía sincero, pero, ¿debía creerlo?

—Solo contéstame a una pregunta, Todd. ¿Contrataste a alguien para que entraran ayer en mi *suite* del hotel?

Él vaciló.

—Sí. No. Quiero decir, hace unas semanas el gerente de mi empresa se puso en contacto con una agencia para adquirir la falda, pero no tenía idea de que utilizaran métodos ilegales.

—¿Fue la Agencia Gunderson? —le preguntó Brock.

Todd se volvió hacia él con expresión de sorpresa.

—Sí. ¿Cómo lo has sabido?

—Es asunto mío el enterarme. A los Gunderson les gusta dejar su sello. Me alegro mucho que Kate no estuviera aquí cuando se presentaron. ¿O acaso lo planeaste así cuando le pediste que saliera a cenar contigo anoche?

—No. Todo fue un error —Todd se volvió hacia Kate con desesperación—. Ya no volveremos a utilizar los servicios de esa agencia, y te juro que jamás volverá a ocurrirte una cosa así. E insisto en pagar cualquier desperfecto que haya causado.

Brock lo miró con desprecio.

—Siempre tuviste mucha labia, Winslow.

Todd se volvió hacia él.

—¿Por qué sigues aquí? A Kate y a mí nos gustaría estar solos.

Brock avanzó amenazadoramente hacia Todd.

—¿Me estás diciendo que me vaya?

—Un momento —exclamó Kate, poniéndose de pie—. Hay algo que debes saber, Todd. La falda ha desaparecido. Para siempre. Ya no la tengo.

Todd se volvió hacia ella.

—Bien. Porque la falda ya no me importa. Eso es lo que estoy intentando decirte.

—Necesito pensar todo esto con tranquilidad —dijo algo aturdida—. Y a solas.

Él asintió.

—Te llamaré mañana. Espero que sigas queriendo ser mi pareja en la fiesta —vaciló y buscó su mirada—. Por favor, Kate. Créeme.

—Adiós, Winslow —dijo Brock.

Todd ni siquiera lo miró cuando se dio la vuelta y salió por la puerta.

Brock la cerró.

—Ya era hora de que se marchara.

—¿Cómo te atreves? —lo increpó Kate con indignación; se sentía resentida y enfadada con Brock—. ¿Cómo te atreves a esperar en mi habitación y espiarme de ese modo?

Él frunció el ceño.

—¿Estás enfadada conmigo?

—¿Acaso lo niegas? —le preguntó—. Sabías que Todd y yo estábamos a la puerta de la *suite*. Seguramente estabas escuchando detrás de la puerta, de otro modo no se explica que la abrieras tan rápidamente. Apenas la rocé con el codo. ¿Estabas espiándonos por la mirilla? ¿Disfrutando gratis?

—El ver a Winslow echándose encima de ti no me ha hecho disfrutar en absoluto —dijo en tono de fastidio—. Se me ocurrió que tal vez quisieras saber la verdadera razón por la que ha estado rondándote.

—Gracias por ponerlo de manera tan cruda —alzó la barbilla—. Supongo que es imposible que esté interesado nada más que en mi persona. ¿Es eso lo que estás diciendo?

—Por supuesto que no —contestó—. Solo pensé que deberías saber que Winslow tenía otros motivos. No puedes confiar en él.

Kate se frotó la sien. Sabía que tal vez Brock tenía parte de razón, pero eso no significaba que le pareciera bien el empeño que había puesto para alienar a Todd, uno de los pocos buenos partidos que aún quedaban.

—Me pareció sincero. Y aunque tengas razón en lo referente a sus motivos, tal vez ya no le importe la falda. Ni siquiera pestañeó cuando le dije que ya no la tenía.

Brock se acercó a ella y la agarró por los hombros.

—¿Estás loca?

—No —se apartó de él—. Soy lo suficientemente mayor para tomar mis propias decisiones. Si quieres que te diga la verdad, me alegro de que haya desaparecido la falda. Al menos, si Todd está interesado de verdad en mí, sabré que es por mí misma y no por los poderes mágicos de una tela.

Brock la miró fijamente, con intensidad, durante unos segundos. Entonces se dio la vuelta y salió de la habitación.

Ella se quedó boquiabierta al ver la reacción de Brock. Fue tras él.

—¿Adónde vas?

—Déjame tranquilo, Kate —fue hasta la salida de incendios junto al ascensor, abrió la puerta y empezó a bajar por las escaleras de dos en dos hasta el segundo piso.

Ella lo siguió, pero los tacones la impedían caminar con rapidez.

—No lo haré hasta que deje las cosas bien claras. No quiero que vuelvas a meterte en mi vida, Brock. ¿Lo entiendes?

Brock desapareció por la puerta que daba al segundo piso, dejándola con la palabra en la boca. Su actitud de superioridad solo consiguió enfurecerla más. ¿Cómo se atrevía a invadir su habitación, a decirle que estaba loca, y luego a dejarla allí plantada sin dejarla terminar?

—Brock —gritó, apresurándose por el pasillo.

Lo vio sacar la tarjeta de acceso a la habitación y deslizarla por la cerradura. Brock maldijo entre dientes y lo intentó de nuevo. Kate llegó a su lado justo a tiempo de ver que la luz del piloto en el mecanismo de la cerradura cambiaba de roja a verde.

—Espera —le dijo Kate, agarrándolo del brazo para evitar que se metiera en su habitación.

Él le miró la mano.

—Suéltame, Kate.

Kate notó una extraña tensión emanando de su cuerpo, pero ya había llegado demasiado lejos para echarse atrás.

—No lo haré hasta que no me digas por qué estás tan empeñado en arruinar mi relación con Todd.

—No sigas.

—Dame una razón —insistió—. Una razón por la que deba escucharte.

—¿Solo una razón?

Abrió la puerta y tiró de ella para que entrara. En una esquina había una lámpara encendida, iluminando la cama de matrimonio que ocupaba el centro de la habitación. A diferencia de la suya, aquella habitación era más pequeña, más íntima.

—De acuerdo, a ver qué te parece esto

—le dijo, volviéndose hacia ella—. Te deseo cuando me levanto por la mañana. Te deseo cuando me acuesto por la noche. Y el ansia no disminuye, sino que aumenta.

Ella se pasó la lengua por los labios.

—Eso solo es porque me viste con la falda.

Él negó con la cabeza, sin dejar de mirarla a los ojos.

—No es la falda. Eres tú, Kate. Son tus preciosos ojos, tu boca sensual, esa risa. Hace unos minutos escapé de tu *suite* porque no podía seguir allí sin tocarte.

Ella tragó saliva al ver la expresión feroz de su rostro. Un escalofrío la recorrió de pies a cabeza cuando él dio un paso en dirección a ella.

—Bueno, ya estoy cansado de ser noble —se plantó delante de ella y le acarició la mejilla—. Como ves, he dejado de huir.

Kate tragó saliva. Tenía la garganta seca.

—¿Qué quieres decir exactamente?

—Quiero decir que tu cuerpo enciende mi deseo cada vez que te veo. Quiero decir que jamás he desea do a nadie como te deseo a ti.

Antes de que Kate pudiera responder, él la besó y la abrazó, y sus besos ardientes le quemaron los labios. Su beso fue mucho más que agradable. Fue ardiente y frenético, lleno de anhelo.

Le acarició la comisura de los labios con la punta de la lengua, hasta que ella los separó y los gemidos de ambos se mezclaron y confundieron. Ella se inclinó sobre él, deleitándose con la fuerza de su cuerpo. Dos dedos se deslizaron por su cara y se enredaron en sus cabellos. Un deseo jamás experimentado se apoderó de ella, y tuvo que agarrarse a los hombros de Brock para no perder el equilibrio.

Cuando finalmente dejó de besarla, ella jadeaba y todo su cuerpo vibraba de deseo.

—Hay una razón más que debes saber —dijo con voz ronca—. Estoy enamorado de ti.

—Brock, yo...

Pero él la acalló con otro beso más tierno, mientras le acariciaba los labios con los suyos, en busca de algo que ella deseaba darle desesperadamente.

Kate le deslizó las manos hasta la cintura y se las metió por debajo del suéter, deleitándose con el calor de su piel. Le acarició el vello del pecho y sintió sus músculos flexionándose bajo las caricias.

Brock encontró la cremallera de su vestido sin dejar de besarla. Cuando se la bajó, Kate sintió un extraño cosquilleo en las entrañas. Entonces le bajó los tirantes del vestido y retrocedió un paso, con lo cual la prenda acabó en el suelo.

Sin dejar de mirarla a los ojos, le desabrochó el sujetador negro de seda, que corrió la misma suerte que el vestido. Entonces le acarició los pechos con las dos manos, acariciándolos y moldeándolos hasta que se pusieron duros.

—Dime que lo deje —le dijo con voz ronca, sin dejar de mover las manos—, y lo haré.

Ella no dijo una palabra. En lugar de eso, cerró los ojos y echó la cabeza hacia atrás, disfrutando de la exquisita sensación. Brock sabía exactamente cómo acariciarla, como provocarla y tentarla hasta hacerla suplicar que le diera más. Abrió la boca para hacerlo; pero él le había leído claramente el pensamiento, porque la levantó en brazos y la llevó a la cama.

Kate le echó los brazos al cuello y se deleitó con la fuerza de su cuerpo. Deseaba sentir esa fuerza rodeándola, dentro de ella. Quería hacerle perder el férreo control que siempre había tenido.

Brock la depositó suavemente sobre la colcha de la cama; entonces se acercó a la ventana y descorrió las cortinas.

—Quiero verte bien.

La luz plateada de la luna iluminó suavemente su silueta. Brock se acercó a la mesilla de noche y sacó un pequeño paquete de plástico del cajón. Entonces sacó uno más y dejó los dos sobre la mesilla.

—Te toca a ti —dijo Kate con sensualidad, y se incorporó en la cama mientras él se quitaba el suéter muy despacio.

Después se quitó los vaqueros, dejando al descubierto unas caderas estrechas, unos muslos fuertes y unas piernas largas. Entonces se llevó las manos a la cinturilla de su *slip*.

—Déjame a mí —le dijo ella, tomándole la mano.

Brock dejó que Kate tirara de él hasta que estuvo pegado a la cama, y cerró los ojos al sentir que ella le quitaba la ropa interior muy despacio. Se inclinó hacia delante y besó el vello que se rizaba por encima del ombligo. Sacó la lengua para saborear su piel agridulce, y después continuó descendiendo.

Brock gimió desenfrenadamente y la empujó sobre la cama, colocándose encima de ella.

—No sabes lo que me haces sentir, Kate.

Ella le echó los brazos al cuello y lo abrazó hasta que él estuvo totalmente encima de ella. Entonces sus labios se unieron, amoldándose a la perfección, al igual que sus cuerpos.

Él levantó la cara lo suficiente como para besarle la barbilla. Le mordisqueó la comisura de la boca y le deslizó la lengua sobre una ceja. Su cuerpo latía sobre el de ella, caliente y duro, y la única barrera que se interponía ya entre ellos eran las braguitas de seda negra de Kate.

Brock se colocó a su lado y se apoyó sobre un codo. Deslizó las puntas de los dedos por el cuello de Kate, por la clavícula y luego sobre sus pechos. Utilizó el pulgar para acariciarle los pezones abultados y duros, hasta que Kate empezó a retorcerse de gusto.

Entonces empezó a hacer lo mismo con la lengua, mientras sus dedos continuaron acariciándola. Cuando llegó a la cinturilla de las braguitas, le deslizó la palma sobre la fina tela hasta que ella levantó las caderas para apretarse contra él.

—Brock —gimió—. Por favor…

Él dejó de lamerle los pechos y la miró con aquellos ojos grises encendidos de deseo.

—Aún no, amor.

El movimiento rítmico de su mano sobre el punto más sensible e íntimo de su cuerpo la hizo enloquecer. Al poco sintió frío debajo de la cintura y se dio cuenta de que le había quitado las braguitas.

Se levantó para acariciarlo, deslizándole las manos por los bíceps y los hombros, y después le echó las manos al cuello y tiró de él para darse otro largo y ardiente beso.

Brock la agarró de las caderas y se colocó encima de ella, provocándole un gemido entrecortado cuando ella sintió el roce íntimo de sus cuerpos. Estaba increíblemente excitado, totalmente listo para ella.

—Kate —jadeó su nombre—. No puedo esperar más.

Estiró un brazo para retirar el paquete de la mesilla de noche. A los pocos segundos estaba de nuevo sobre ella, mirándola con aquellos ojos llenos de deseo.

—Te deseo tanto.

Ella le puso las piernas alrededor de la cintura, urgiéndolo a que continuara. Brock se unió a ella entre gemidos de satisfacción, llenándola con la promesa del éxtasis.

Entonces empezó a moverse y Kate cerró los ojos, dejando que él la llevara a un lugar donde nunca había estado. Perdió la noción del tiempo, sin saber si habrían pasado horas o minutos, cuando oyó el apasionado grito de satisfacción mezclándose con sus propios gemidos de placer.

Brock se desplomó sobre ella, su cuerpo desnudo húmedo de sudor.

—Te quiero, Kate —dijo sobre sus cabellos—. Te quiero.

Kate cerró los ojos y sonrió. Se sentía tan

satisfecha. Después de tanto tiempo, finalmente lo había encontrado. Brock Gannon: su amigo, su amante, su futuro.

El hombre que llevaba toda la vida esperando.

Capítulo quince

—MMM, qué bien sabes.

Kate abrió los ojos a la mañana siguiente y vio a Brock junto a ella, mordisqueándole el cuello.

—¿Tienes hambre? —le preguntó con una sonrisa.

—Me muero de hambre.

La colocó encima de él hasta que Kate se acomodó a horcajadas. Estaba más que listo para ella.

Ella se sentó sobre él, disfrutando de aquella posición que le permitía ver la expresión en su rostro. Entonces empezó a moverse. Hicieron el amor pausadamente, y Brock dejó que ella estableciera el ritmo.

Fue aún mejor que la noche anterior.

Cuando terminaron, Kate se acurrucó entre sus brazos y empezó a acariciarle el pecho.

—¿Sigues teniendo hambre?

—Como un lobo —contestó, y se inclinó hacia delante para darle un beso en el pecho—. Pero supongo que tendré que conformarme con el desayuno.

—¿Llamo al servicio de habitaciones?

—Me parece bien —se estiró junto a ella y colocó los brazos detrás de la cabeza.

Kate levantó el teléfono.

—Primero quiero comprobar mis mensajes. Estoy deseando oír lo que pasó anoche con mis padres.

—Me sorprende que tu padre no me llamara anoche —Brock sonrió—. Tal vez estuviera ocupado.

Kate marcó el número del servicio de contestador; entonces escuchó el mensaje de su madre. El tono de voz de Rose la hizo fruncir el ceño.

—¿Malas noticias? —le preguntó Brock.

Kate colgó.

—Según mamá, la cita empezó bien. Entonces papá le dijo que ya era hora de que volviera a casa. Ella le dijo que ya era hora de que él se jubilara. Y a partir de ahí, la velada fue de mal en peor.

Brock se incorporó para besarla en el hombro.

—¿Y ahora qué?

Kate suspiró.

—La fiesta es esta noche, de modo que se nos están terminando las opciones. Voy a hablar con cada uno por separado y a pedirles que se encuentren conmigo en el Salón Harbor del hotel a las siete y media. Para entonces ya habrán llegado todos los invitados.

—¿Crees que es una buena idea?

—¿Quién sabe? —Kate suspiró cuando él le levantó la melena para darle un beso en el cuello—. Tal vez el verse rodeados de todos sus viejos amigos y el recordar viejos tiempos los ayude a volver juntos.

Él la miró dubitativo.

—Supongo que bien vale intentarlo.

—¿Tienes alguna otra sugerencia?

—Unas cuantas —le dio un beso en el hombro—. Pero no tienen nada que ver con tus padres.

Kate sonrió mientras él le besaba el cuello.

—Pensé que querías desayunar.

—Entre otras cosas —dijo, antes de besarle el lóbulo de la oreja.

Entonces Brock se puso de pie y fue al baño.

Ella se tumbó y disfrutó del paisaje.

—¿Cómo te gustan los huevos?

—Desnudo y en la cama contigo —dijo—. ¿Te importa si me ducho primero?

—Adelante.

Marcó el número del servicio de habitaciones y pidió para dos. Al colgar oyó el ruido de la ducha tras la puerta del baño y a Brock cantando una versión desafinada de «No puedo dejar de quererte».

Kate sonrió y estiró los brazos por encima

de la cabeza, más satisfecha de lo que había estado en su vida. El aroma de sus cuerpos emanó de las sábanas cuando se sentó para buscar sus braguitas en el suelo.

Vio algo negro por debajo de la cama y tiró de ello. Pero no eran sus braguitas, sino una tira de cinta aislante. Se arrodilló para verla mejor, sorprendida al ver que la cinta estaba pegada a una bolsa de plástico fijada a la parte inferior del somier.

—Pero, ¿qué demonios es esto?

Tiró de la cinta hasta que retiró el resto. En su trabajo había aprendido que los huéspedes del hotel hacían cosas extrañas. Sin duda alguien habría pensado que era más seguro fijar algún objeto de valor bajo la cama en lugar de utilizar la caja fuerte del hotel. Solo que se habían marchado y se lo habían dejado allí.

Kate desenrolló la parte superior de la bolsa y se asomó para ver qué contenía, esperando encontrar un collar de diamantes, o un fajo de billetes. Pero lo que vio dentro la sorprendió aún más.

Era la falda.

La sacó, pestañeando incrédula al ver el conocido tejido. Se suponía que estaba en las aguas del Estrecho de Puget, no en la habitación de Brock.

Levantó la cabeza para mirar hacia la

puerta del baño, consciente de repente de que tanto la canción como la ducha habían dejado de sonar.

Al igual que su corazón.

Brock salió de la ducha envuelto en una nube de vapor, con una toalla enrollada a la cadera. Sonrió a Kate, que estaba de pie desnuda junto a la cama. La deseó de nuevo con fuerza. Pero entonces le miró la mano y vio que tenía la falda. Cuando la miró a la cara, vio que todo había terminado.

—Sorpresa —dijo con ojos tristes.

Él tragó saliva con dificultad.

—Creo que será mejor que te sientes.

—No, prefiero quedarme de pie —levantó la falda—. ¿Quieres decirme qué está haciendo esto aquí?

—Kate —se acercó, la agarró del codo y la empujó hacia la cama—. Por favor, siéntate.

Ella se apartó de él bruscamente.

—Brock, esto me da muy mala espina. Dímelo. Dime que se trata de algo totalmente inocente. Dime que fuiste a bucear al Estrecho de Puget y encontraste la falda. Dime que querías darme una sorpresa.

Brock trató frenéticamente de encontrar una explicación plausible, pero tenía la mente en blanco. Solo pensaba en la posibilidad de perder a Kate.

—La escondiste bajo la cama —continuó con pánico—, porque no querías que la viera y estropeara la sorpresa, ¿no?

Él apretó los dientes, dándose cuenta de que era el responsable del dolor reflejado en su bonito rostro. Pero no podía volver a mentirle. Sobre todo, después de lo que había pasado entre ellos.

—Dímelo —le suplicó con voz temblorosa—. Cuéntamelo antes de que esto eche a perder lo nuestro.

Se pasó la mano por los cabellos húmedos mientras maldecía entre dientes.

—No quería que nada de esto ocurriera, Kate.

—Eso no me hace sentir mejor —exclamó ella—. Pensé que lo de anoche había sido especial. Pensé que lo nuestro era especial.

—Lo fue —contestó, consciente de que todo estaba empezando a salir mal—. Escúchame.

—Lo haré en cuanto empieces a contarme algo creí ble. En cuanto me expliques por qué tienes mi falda —se la tiró. La falda lo golpeó en el pecho y cayó al suelo—. La falda que llevo tantos días buscando desde que desapareció en ese taxi.

—Lo sé —dijo, deseoso de estrecharla entre sus brazos.

—¿Ibas a vendérsela a Todd? —le preguntó—. ¿Así te enteraste de que su empresa iba tras la falda?

—No, maldita sea.

Entonces se sentó en la cama y se tapó la cara con las manos. Finalmente levantó la cabeza y la miró; el sol entraba por la ventana, bañando su precioso cuerpo desnudo en una luz dorada. ¿Cómo podía haber permitido que pasara una cosa así? ¿Cómo iba a dejar que aquello se le fuera de las manos?

Ella se puso de pie, esperando una explicación.

—Podría mentirte —empezó a decir—. Pero ya no volveré a hacerlo. Sobre todo después de lo de anoche.

—¿Que ya no volverás a hacerlo? —gritó—. ¿Quieres decir que me has mentido? ¿En qué? ¿Y cuánto tiempo llevas mintiéndome?

Él aspiró hondo.

—En todo. Bueno, casi en todo. Desde que llegué.

—Ese día te presentaste en casa de mis padres —en su mirada se reflejó un repentino entendimiento—. Ya. No esperabas encontrar a nadie allí, ¿verdad, Brock?

Él sacudió la cabeza. Aquello le estaba resultando mucho más duro de lo que había pensado.

—Vine a Seattle en busca de la falda. Sabía

que la tenías tú, y quise hacer yo el trabajo porque otras personas que se dedican a lo mismo que yo, bueno —hizo una pausa—, normalmente les importa muy poco quién pueda salir perjudicado en el proceso.

—Por si no te has dado cuenta, Brock —dio en voz tan baja que él apenas podía oírla—, yo estoy dolida.

—Quería decir perjudicada físicamente —le aclaró, consciente demasiado tarde de que el golpe que le había dado a Kate era más fuerte que algo físico.

—Continúa.

—Mi plan era llegar, tomar la falda y marcharme. Tú ni siquiera sabrías que había estado aquí.

Kate lo miró como si lo viera por primera vez.

—¿Así que forzaste la cerradura de casa de mis padres para intentar dar con la falda?

—No vi que tuviera otra alternativa.

—¿Alternativa? —gritó, alzando las manos en el aire—. Te daré unas cuantas. Podrías haber rechazado el trabajo, haberme llamado para decirme que te habían contratado para robar la falda. Que mis padres y yo estábamos en peligro si venían otros ladrones a por ella.

Brock se estremeció al oír aquellas palabras.

—Sé que no puedo hacer que entiendas por qué te mentí sobre los motivos de mi visita a Seattle. Ni por qué le pagué a Carla Corona para que mintiera por mí cuando descubrimos que ella tenía la falda.

Vio la mueca de dolor reflejada en su rostro.

—Y tú acusaste a Todd de rondarme para conseguir la falda —ella pasó la mano por la cama arrugada—. ¿Cómo le llamas a esto? ¡Yo le llamo pasarse de la raya! —alzó la barbilla—. Espero que te paguen bien.

—Maldita sea, Kate —dijo, acercándose a ella.

Pero ella levantó una mano para evitar que se acercara del todo.

—No me toques.

—No lo entiendes.

—Oh, sí que lo entiendo —dijo tristemente—. Para ti todo fue un juego.

—No fue un juego. Sobre todo la noche pasada.

Ella sacudió la cabeza.

—No sé ya qué más creer.

—Créeme —dijo Brock, desesperado por encontrar el modo de que ella lo entendiera—. Pensé que lo estaba haciendo para protegeros a todos.

Ella negó con la cabeza y se sentó junto a él.

—No te conozco —suspiró, tirando de la sábana para cubrir su desnudez—. No te conozco en absoluto.

—Soy el mismo hombre de siempre —contestó, dándose cuenta de que seguramente eso no la tranquilizaría. Además, era mentira—. No, no es cierto. Ya no soy el mismo. Empecé a cambiar cuando te vi allí en tu antiguo dormitorio. Empecé a preocuparme más por ti que por la misión. Por Sid y Rose. Es la primera vez que me ocurre.

Ella agarró con fuerza la sábana que se había subido hasta el cuello, pero no dijo nada.

—Tenía la intención de ayudarte a encontrar la falda, Kate —continuó Brock—, y que te la pusieras para la fiesta de hoy antes de llevármela a Boston. Eso fue hasta que me enteré de que tu príncipe azul era Winslow. Y pensé que no era el hombre adecuado para ti.

—Aunque eso sea cierto —dijo con amargura y rabia—, ¿con qué derecho te pusiste a decidir?

No tenía respuesta que darle. Brock no se había preocupado de nadie aparte de sí mismo en mucho tiempo. Había querido proteger a Kate, pero había terminado haciéndole daño. A Brock se le encogió el corazón al ver lo ojerosa que estaba. Apenas habían dormido, saciándose cada uno en brazos del otro y maravillándose de la unión casi espiritual que habían descubierto entre ellos. Una unión que prometía convertirse en algo más fuerte. En algo permanente.

—Olvida el pasado —la imploró, y le tomó la mano—. Todo ha terminado. La noche pasada ha sido el principio de algo maravilloso entre nosotros.

Kate se volvió para mirarlo con lágrimas en los ojos.

—Lo de anoche fue como un cuento de hadas. Pensé que eras mi príncipe azul —se soltó de él—. No me di cuenta de que solo interpretabas un papel.

Brock quería negarlo, pero no le salieron las palabras. La observó en silencio mientras ella se ponía de pie y tiraba de la sábana para cubrirse el cuerpo. Entonces buscó sus braguitas y el sujetador por el suelo. Después de encontrarlos, recogió el resto de su ropa, incluida la falda, y desapareció por la puerta del baño. Momentos después apareció ya vestida. No estaba llorando, pero tenía los ojos rojos.

—No te vayas.

No sabía qué más decir, qué más hacer.

—Tengo que hacerlo —dijo, avanzando hacia la puerta con la falda en la mano—. Y espero que tú hagas lo mismo. Por favor, abandona Seattle lo antes posible. No quiero volver a verte.

Y dicho eso, Kate salió de la habitación.

Capítulo dieciséis

BROCK se quedó inmóvil en la cama, esperando a que Kate volviera. El servicio de habitaciones llegó con los desayunos, pero dejó que ambos se enfriaran. Estaba demasiado pesaroso como para comer. El sol entraba por entre las cortinas y Brock recordó el cuerpo desnudo de Kate iluminado por la luz de la luna.

A media mañana se dio cuenta de que Kate no iba a volver. Nunca. Lo había estropeado todo. Totalmente. ¿Y por qué? Por una misión. Por un trabajo que ya ni siquiera le importaba.

Pero era lo único que le quedaba.

Descolgó el teléfono y marcó el número de Dooley. Estaba como atontado. Una de las camareras contestó.

—¿Ha llegado ya Dooley?

La camarera llamó al jefe. Le dio la impresión de que hacía mucho tiempo que había salido de Boston, cuando en realidad solo habían pasado un par de semanas. Pero su vida había cambiado mucho en esos quince días. Él había cambiado.

Dooley se puso al teléfono.

—Hola, Brock. No esperaba que me llamaras tan pronto. ¿Qué ocurre?

—¿Sigue disponible el trabajo en Río? Dooley vaciló.

—¿Por qué? ¿Estás interesado?

—Puedo salir hoy.

Esperó a que Dooley le preguntara por la falda. Pero para sorpresa suya, el asunto ni siquiera surgió.

—Bueno, ya he enviado a Bryant para que valore la situación. Pero, si quieres que te diga la verdad, es más un trabajo para dos personas. Tendrás un billete esperándote en el aeropuerto de Seatac.

Brock estaba tan angustiado, que sintió que apenas podía hablar. Tragó saliva con dificultad. Se produjo un largo silencio.

—¿Estás bien? —le preguntó Dooley por fin.

—Lo estaré —contestó Brock, aunque sabía que no sería así.

Colgó el teléfono y se vistió. Entonces guardó sus pocas pertenencias en la maleta y se preparó para salir del hotel. Dejaría atrás Seattle. Y a Kate. E intentaría por todos los medios olvidarla. Aunque sabía instintivamente que jamás podría lograrlo.

Brock miró a su alrededor, seguro de que se dejaba algo. Había visto un bloc de notas encima del aparato de televisión; entonces buscó por la habitación hasta encontrar un lápiz. Intentó no pensar en lo divertido que había sido despertarse junto a ella esa mañana. No se había dado cuenta de lo solo que estaba hasta que Kate había vuelto a entrar en su vida.

Apuntó una sola palabra, arrancó la hoja del bloc y se la metió en el bolsillo de la camisa. Agarró la maleta y fue hacia la puerta.

Solo quedaba una cosa por hacer.

Kate pasó casi todo el día aturdida. Entró temprano en el despacho, desesperada por dejar de pensar en Brock. Pero no tenía ni la cabeza ni el corazón en el trabajo. Mientras organizaba una reunión con almuerzo para un grupo de arquitectos, su pensamiento la traicionaba con imágenes de la noche anterior.

Se había pasado la mañana intentando no echarse a llorar, y la tarde alimentando su rabia. Necesitaría esa rabia para aguantar el tipo si Brock decidía no seguir su consejo y permanecer en Seattle. Llegado el mediodía, aún no había abandonado el hotel.

Kate limpió su mesa, más por nerviosismo que por necesidad. Entonces miró el reloj de la pared, sorprendida al ver que eran más de las cuatro. Solo quedaban tres horas para que empezara la fiesta. Sid y Rose habían accedido a cenar con ella en el Salón Harbor, aunque ninguno de los dos sabía que también iría el otro. O que habría una gran fiesta en su honor.

Tal vez fuera un error intentar juntarlos según estaban las cosas. En aquellos últimos días había entendido que el amor era mucho más complicado de lo que habría podido imaginar.

Entonces se le ocurrió otra cosa. ¿Y si Brock se presentaba en la fiesta? Sería una frescura por su parte, sobre todo si intentaba seguir dándole excusas. Sin embargo, parte de ella temblaba al pensar en no volver a verlo.

Kate abrió otro cajón del archivador y sacó una caja de Twinkies, esperando encontrar consuelo en las calorías del dulce. Rasgó el papel y, al levantar la cabeza, vio a un hombre a la puerta de su despacho.

—Tony —exclamó con la boca llena de bizcocho y nata.

Él sonrió.

—Comiendo otra vez, como veo.

Dejó el dulce sobre el escritorio, se levantó y corrió a abrazar a su hermano. Tenía un aspecto bronceado y saludable, y cada vez era más parecido a Sid Talavera.

—¿Cuándo habéis llegado?

—Nuestro avión llegó esta tarde. Llegamos al hotel hace cosa de una hora, y Elena se está echando una siesta, que buena falta le hace. Así que decidí que este era el mejor momento para venir a ver a mi hermana pequeña.

Ella lo abrazó con fuerza. Hacía tres años que no veía a su hermano. Él conocía a Brock mejor que nadie, incluso mejor que ella.

—Me alegro tanto de que estés aquí.

—Eh, ¿estás bien? —le dijo, abrazándola del mismo modo.

—Es que te he echado mucho de menos.

Sintió una tensión en la garganta y se esforzó cuanto pudo para no echarse a llorar. No quería cargarlo con todas sus preocupaciones nada más poner el pie en su despacho.

Kate retrocedió y sonrió a su hermano.

—¿Cómo está Elena? ¡Felicidades por tu próxima paternidad! Estoy encantada porque voy a ser tía. Sé que mamá y papá se pondrán contentísimos cuando se enteren.

—Elena está fenomenal. No tiene ni náuseas ni nada. Es maravilloso, Kate —dijo sobrecogido—, el hecho de que ella y yo hayamos creado una vida juntos. Mi esposa está ahora más bella que nunca.

Eso fue la gota que colmó el vaso. Kate se echó a llorar como una magdalena. Aspiró hondo entre sollozo y sollozo.

—Es estupendo, Tony.

Tony frunció el ceño.

—¿Qué te pasa, Katie? Tú nunca lloras. ¿Ocurre algo? ¿Algo de lo que debería enterarme?

Volvió a aspirar hondo, intentando controlarse.

—Bueno, papá y mamá se han separado. No te lo dije porque pensé y esperé que volverían llegado este día.

Tony se dejó caer sobre la pared.

—¿Separado? ¿Cómo ha podido pasar una cosa así?

—Es una larga historia. Brock y yo hicimos lo posible para juntarlos de nuevo, pero ya sabes lo testarudos que pueden llegar a ser a veces. Y aún no saben nada de la fiesta de hoy, aunque lo averiguarán en cuanto lleguen esta noche —hizo una breve pausa—. ¿Crees que ha sido un error?

—Creo que será un desastre —entonces se puso derecho—. Espera un momento. ¿Has dicho Brock? ¿Brock Gannon?

Ella asintió, apretando los labios para que no le temblaran. Aquello era ridículo. Ella no era una llorona. Y casi nunca perdía el control.

—¿Qué está haciendo aquí?

—Vino para la fiesta y...

—¿Y? —insistió Tony.

Ella se puso derecha.

—Y yo le he pedido que se marchara, pero aún no ha salido del hotel; de modo que me gustaría que subieras a su habitación y lo echaras tú mismo.

Tony se cruzó de brazos.

—De acuerdo, Kate. Suéltalo todo. ¿Qué demonios está pasando aquí?

El recuerdo de la traición de Brock le secó las lágrimas y reavivó su rabia.

—Tu amigo me mintió, entre otras cosas. Es otra larga historia y no tiene un final feliz.

Tony la miró a los ojos y entonces los abrió mucho, como si de pronto lo entendiera todo.

—Estás enamorada de él.

—Nunca he tenido muy buen gusto para los hombres. Estoy segura de que se me pasará.

Pero Kate no estaba en absoluto segura. Incluso después de lo que Brock le había hecho, aún ansiaba abrazarlo, sentir la pasión de sus besos y el calor de su cuerpo junto a ella.

—¿Qué fue lo que te hizo exactamente?

—¿Quieres decir, aparte de mentirme y venir a Seattle con un pretexto falso? Bueno, para empezar, intentó decirme con quién podía salir.

Tony sonrió.

—Por eso no puedo culparlo. Como tú bien has dicho, nunca se te ha dado muy bien elegir a los hombres.

—Excepto que por fin había conocido al hombre perfecto, al menos eso es lo que pienso. Bueno, tú lo conoces... Es Todd Winslow, nuestro antiguo vecino —Kate alzó las manos, rompiendo la promesa de no volver a ponerse nerviosa—. Y va Brock y, sin razón alguna, decide que Winslow no es el hombre adecuado para mí. ¡Casi me prohibió salir con él!

—Yo conozco la razón —dijo Tony con calma.

Ella lo miró con curiosidad.

—¿Ah, sí?

—Claro —contestó Tony. Entonces vaciló—. Gannon nunca quiso que tú te enteraras, y yo estuve de acuerdo con él en aquel momento. Pero tal vez ahora sería mejor que supieras la verdad. Así quizá entiendas los motivos de Brock.

—¿Qué verdad? ¿Es acerca de la pelea que tuvieron Brock y Todd en el instituto?

—Yo no la llamaría pelea exactamente —contestó Tony—. Winslow no tuvo la oportunidad de propinar ni un puñetazo. Brock le dio una buena tunda. Ese tipo tuvo suerte de que solo le rompiera algunas costillas, le pusiera los dos ojos morados y le pisoteara su amor propio. Nunca he visto a Gannon tan nervioso.

—¿Por qué? —preguntó Kate, deseando que su hermano terminara de contarle.

—Por ti —dijo Tony con el ceño fruncido—. «Don Perfecto», nuestro vecino, era un maldito mirón. Te sacó fotos tomando el sol en el patio de atrás y se las enseñó a todos los chicos del vestuario. Siento decírtelo, hermana, pero no salías muy favorecida.

Ella se puso colorada al recordar las numerosas ocasiones en las que se había puesto un diminuto biquini para broncearse lo más posible. Como si eso hubiera podido disimular los veinticinco kilos de más que pesaba entonces. Todd se habría subido en el viejo roble para poder verla tras la valla que rodeaba la finca de los Talavera.

—Winslow estaba hablando de ti cuando Brock y yo entramos en el vestuario —dijo Tony—. Te estaba llamando «Katie la ballena» y haciendo comentarios sobre ti de lo más crueles.

Ella cerró los ojos, avergonzada al pensar en la adolescente insegura y obesa que había sido. De haberse enterado de la verdad, lo habría pasado muy mal. Sin duda, habría abandonado el instituto.

—Brock se echó encima de Winslow antes

de que yo pudiera reaccionar. En realidad, yo fui el que tuve que separarlos antes de que lo matara —Tony se puso serio—. Aunque yo sentí también ganas de terminar el trabajo.

Kate no podía creer que hubiera sido tan estúpida.

—¿Cómo es posible que no me enterara de esto? ¿Lo sabían papá y mamá?

Tony sacudió la cabeza.

—Cuando el colegio llamó a los Winslow, estos querían avisar a la policía. Hasta que supieron la razón por la que Brock había atacado a su hijo. Digamos que no los entusiasmó demasiado el comportamiento de Todd y no querían causar ningún problema en la vecindad; de modo que al final decidieron dejar las cosas como estaban.

—Pero a Brock lo echaron —dijo Kate—. Por culpa mía.

—Sí. Y nunca lo oí decir que le hubiera pesado. Ni una sola vez.

No debería haber cambiado nada, pero lo hizo. Su rabia se disipó y fue sustituida por una sensación distinta. Sintió que entendía mejor las cosas. Al menos sabía ya por qué Brock se había empeñado tanto en que no saliera con Todd.

Pensó en lo que Todd había hecho; pensó en lo que sentía hacia todo ello. Y para sorpresa suya, lo que sintió fue un gran alivio.

232

Una razón de peso para alejarse de Todd. No por lo que hubiera pasado hacía ya tantos años, sino porque ya sabía lo que era el verdadero amor. Y no pensaba conformarse con otra cosa.

Ella y Tony charlaron un rato más, contándose cosas que no se habían dicho en los últimos tres años, y comentando con preocupación la situación de sus padres. Cuando por fin se marchó para ir a ver cómo estaba Elena, Kate cerró la puerta de su despacho con llave y corrió a su *suite*. Lo primero que hizo fue marcar el número de la habitación de Brock. No estaba segura de poder perdonarlo aún; su traición todavía le dolía. Pero al menos estaba dispuesta a escucharlo.

Estuvo llamando durante diez minutos, hasta que finalmente se dio por vencida. La fiesta de aniversario no tardaría en empezar y necesitaba llegar pronto para asegurarse de que todo funcionaba bien. Ya se ocuparía después de arreglar la relación con Brock.

Fue al ropero a sacar el traje que había planeado ponerse, pero se quedó helada al ver una percha vacía. Era la percha donde esa mañana había colgado la falda. Solo que la falda ya no estaba. En el gancho de plástico había una nota. Solo tenía una palabra escrita en ella: *perdóname*.

Corrió al teléfono y marcó rápidamente el

número de recepción.

—El señor Gannon salió hace una hora —le dijo el recepcionista.

Kate colgó el teléfono, decepcionada e incrédula. La falda había desaparecido.

Al igual que Brock.

Capítulo diecisiete

A las siete y media la fiesta estaba en pleno apogeo, pero los invitados de honor aún no habían llegado. Kate colocó a Tony junto a la puerta para que vigilara y después llamó a su padre. Nadie contestó, lo cual le dio esperanzas de que estuviera de camino.

—¿Estás segura de que mamá va a venir? —le preguntó Kate a su tía Flora, que ya iba por la tercera copa de champán.

—Totalmente —contestó Flora—. Y no sabes lo difícil que me ha resultado mantener lo de la fiesta en secreto. Aunque aún no estoy convencida de que haya sido muy buena idea. No sé cómo va a reaccionar cuando vea a Sid. Anoche estaba bastante disgustada.

Kate tampoco lo sabía. Tal vez se había tomado los problemas de sus padres demasiado a la ligera. Ya sabía lo complicado que era amar a una persona, lo frágil que podía ser una relación. Pero ya era demasiado tarde. Los invitados estaban allí reunidos, listos para celebrar los cuarenta años de felicidad de Rose y Sid Talavera.

Kate se dispuso a cruzar el enorme salón para saludar a sus abuelos, pero Todd Winslow se interpuso en su camino.

—Hola, Kate —dijo, mirándola de arriba abajo con atención—. Estás estupenda. Llevo todo el día queriendo hablar contigo.

—Hola, Todd.

No le dijo que había estado evitando sus llamadas. Desde que se había enterado de su faceta de mirón, Todd había perdido su halo dorado.

Avanzó un paso hacia ella, muy elegante con su traje verde oliva.

—Me alegra ver que Gannon no está aquí. La fiesta será mejor sin él.

Un tremendo vacío le llenó el corazón.

—Siento que la noche pasada terminara tan bruscamente, Todd. No tuve oportunidad de darte las gracias por una encantadora velada.

Él sonrió y entonces acercó los labios a su oído.

—Puedes darme las gracias tomándote una copa conmigo después de la fiesta. Anoche me di cuenta de lo mucho que me importas, Kate. Quiero hablar de nuestro futuro juntos.

Por fin había llegado el momento que Kate tanto había esperado.

—Lo siento, Todd —dijo sin arrepentimiento—. Pero eso no va ser posible.

Él frunció el ceño.

—¿Por lo que te dijo Gannon? No dejes que él se interponga entre nosotros, Kate. Creo que podríamos tener algo muy especial.

—Tal vez sí —dijo con suavidad—. Antes. Pero estoy enamorada de otro hombre. Lo siento, Todd. Espero que un día encuentres a la mujer que estás buscando.

Él la miró detenidamente.

—Yo también lo siento.

Y dicho eso, se dio la vuelta y se marchó.

Ella lo observó, consciente de que había visto la decepción genuina en sus ojos. Había cambiado en aquellos últimos doce años. Y ella también. Entonces, ¿por qué le había resultado tan difícil creer que Brock también había cambiado? Había ido a Seattle en busca de la falda, pero había hecho muchas más cosas. Como pasar tiempo con su padre, o ayudarla con la fiesta.

O ponerla sobre aviso en relación a Todd.

Ninguna de esas cosas lo habían ayudado a llevar a cabo su misión. Sin embargo, había estado a su lado cuando lo había necesitado. Y había hecho el amor con ella como si de verdad sintiera amor. Ningún hombre la había abrazado de ese modo, ni la había hecho sentirse amada así. ¿Cómo había podido dejarlo marchar de ese modo? No, se dijo, había hecho algo peor. Le había pedido que se marchara.

Y él se había llevado la falda.

Kate oyó que alguien la llamaba y se volvió hacia la entrada. Su hermano Tony le hacía señales, indicándole que sus padres habían llegado. Kate se apresuró hacia la puerta, deseosa de poder prepararlos antes de que entraran en el salón. Pero Sid era el único que vio en el vestíbulo. Llevaba puesto su traje nuevo.

—Papá —dijo, después de que Tony le echara una mirada de advertencia, aún escondido para que no lo viera su padre—. ¿Cuándo has llegado?

—Ahora mismo —miró a su alrededor—. ¿Es ese mi primo Joe?

Ella avanzó hacia él.

—Sí, papá. Oye, no te enfades.

—¿Enfadarme? —repitió Sid—. ¿Por qué iba a enfadarme? ¿Qué está pasando aquí, Katie?

—He organizado una fiesta sorpresa para celebrar vuestro cuarenta aniversario.

La miró sorprendido.

—Oh, no.

—Oh, sí —contestó Kate—. Llevo meses planeándola. Tal vez debería haberla cancelado cuando mamá y tú os separasteis, pero pensé que os habríais reconciliado llegado este día.

Sid suspiró largamente.

—No estoy seguro de que eso sea posible.

—No digas eso —dijo, acercándose a él—. Tal vez una noche como esta sea lo que ambos necesitáis. Rodeados de las personas que os quieren. De todas las personas que saben que estáis hechos el uno para el otro.

—Pero tu madre ni siquiera ha venido —dijo—, ¿no?

Kate vaciló.

—Aún no.

—Quedaré en ridículo si entro yo solo a la fiesta.

—Estoy seguro de que llegará pronto.

Sid no parecía tan confiado.

—¿Cuánto quieres que espere?

—Al menos unos minutos más, papá. Por favor.

Pasaron diez minutos más y Rose seguía sin aparecer. Sid se paseaba de un lado a otro del vestíbulo. La música resonaba tras las puertas del salón y el aroma a canapés flotaba por el *hall*.

—Ya está —exclamó Sid con expresión acongojada—. Creo que Rose ha dejado bien claro lo que piensa de nuestro matrimonio.

Se volvió para marcharse.

—Papá, espera —lo imploró Kate, agarrándolo del brazo—. Mamá ni siquiera sabía que ibas a venir. Esta fiesta iba a ser una sorpresa tanto para ti como para ella.

—Si no se presenta, no.

—La tía Flora me prometió que vendría.

—Tal vez tu madre me haya visto y se haya marchado. ¿Cuánto tiempo más quieres que espere aquí?

Su hermano salió por detrás de un macetón.

—Todo el tiempo que haga falta, papá.

—¡Tony! —Sid avanzó hacia su hijo y lo abrazó con entusiasmo—. ¿Qué estás haciendo aquí?

—He venido a celebrar vuestro aniversario. Elena también está aquí, ahí dentro.

Sid le dio a su hijo unas palmadas en la espalda.

—Qué estupendo volver a verte, hijo. Ha pasado demasiado tiempo.

—Parece que he venido justo a tiempo —contestó Tony—. ¿Qué pasa entre mamá y tú? No podía creerlo cuando Katie me dijo que os habíais separado.

—No lo elegí yo —lo informó Sid con obstinación—. Tu madre fue la que se marchó. Es ella la que debe volver.

Kate se volvió hacia su hermano.

—Mamá es tan cabezota como él. Ninguno

240

de los dos quiere ceder un poco.

—Soy demasiado viejo para cambiar a estas alturas —dijo Sid—. Demasiado maniático. Supongo que no soy el hombre con quien tu madre quiere vivir —suspiró—. No sé lo que pasó. Solo sé que ya no tenemos veinte años.

—¿Sid?

Los tres se dieron la vuelta y vieron a Rose de pie en el vestíbulo. Llevaba una blusa blanca con la parte delantera de encaje y una falda negra. Una falda negra que a Kate le resultó muy familiar. Kate se quedó boquiabierta cuando se dio cuenta de quién debía de habérsela dado.

Sid miró a su mujer impresionado. Entonces se acercó a ella muy despacio, embelesado. Finalmente habló.

—Rose, estás… —su voz se fue apagando, y la miró sin saber qué decir.

Ella se dio una vuelta delante de él.

—Me he puesto esto especialmente para ti, Sid —se llevó la mano al cuello de encaje de la blusa—. ¿Te acuerdas?

Él asintió sin dejar de mirarla.

—Era lo que llevabas en nuestra primera cita.

Ella sonrió.

—Creo que iba algo formal para ver un partido de béisbol.

—Estabas preciosa —contestó Sid—. Casi tanto como ahora.

Rose se puso colorada.

—De repente me apetece muchísimo comerme un perrito caliente.

Sid le tomó la mano y la abrazó.

—Tendrás que esperar. Creo que están tocando nuestra canción.

Kate observó a sus padres bailando al son de los románticos compases de «No puedo dejar de quererte». Se movían con suavidad, al compás de la música, bailando con los ojos cerrados.

Tony y Kate se miraron; entonces dejaron solos a sus padres y volvieron al salón de la fiesta.

—Felicidades, hermanita —dijo, echándole el brazo por los hombros y abrazándola—. Parece que finalmente tenemos algo que celebrar.

Kate asintió; entonces miró a la orquesta, preguntándose cómo habían decidido ponerse a tocar ese tema en un momento tan oportuno. Vio la razón allí, al otro lado del salón: Brock. Estaba apoyado contra una de las columnas a los lados del escenario. Llevaba un traje negro, la americana desabrochada, una camisa blanca y una corbata de seda roja.

Después de todo, no se había marchado.

A Kate se le formó un nudo en la garganta al ver que él la miraba. Siguió mirándola unos segundos. Entonces se puso derecho y echó a andar hacia ella.

Ella se encontró con él a medio camino, con el corazón saliéndosele del pecho.

—Déjame explicarme antes de que me eches —le dijo en tono bajo y lleno de empeño.

—Creo que todo está ya muy claro —contestó ella.

Él negó con la cabeza.

—Yo no lo tenía claro. Al menos hasta que hice planes para volar a Río, para alejarme de la mujer que amo. Entonces me di cuenta de que mi misión no había terminado.

—Todavía necesitabas la falda.

Él asintió.

—Sabía que ya no necesitabas la falda para ganarte a Todd Winslow. El tipo está loco por ti. ¿Por qué crees si no que me fastidiaba tanto veros juntos?

—Así que te llevaste la falda de mi dormitorio.

—Sid y Rose necesitaban algo que venciera esa obstinación que mostraban los dos. Se me ocurrió que la falda lo conseguiría.

—Y ha funcionado —dijo, consciente de repente de que a su alrededor la gente bailaba emparejada, mientras ellos estaban allí parados en medio de la pista—. Misión cumplida.

Él avanzó un paso.

—Todavía no. Aún no te tengo.

Ella no dijo nada, pues no confiaba en poder hablar. Su unión con él parecía tan frágil en ese momento, tan precaria. ¿Y si ella metía la pata? ¿Y si lo hacía él?

—Ya hemos hablado antes de las alternativas —le dijo, mirándola a los ojos con fervor—. Me he equivocado muchas veces, excepto en una cosa: enamorarme de ti. Aunque no fue una elección. Creo que fue mi destino.

Ella se pasó la lengua por los labios.

—¿Y qué hay de lo que yo quiero?

Él se volvió para mirar a Todd, que charlaba con sus padres junto a la barra. Cuando Brock se giró para mirarla de nuevo, había pasión en su mirada, pero también resignación.

—Al menos espero que no me rechaces como amigo.

—Lo siento —Kate aspiró hondo—. Eso no va a ser posible.

Él se puso muy triste.

—Kate —empezó a decir, pero ella levantó la mano para callarlo.

—Tengo que ser algo más que tu amiga, Brock —le explicó, avanzando hasta que sus cuerpos casi se tocaron. Alzó la vista y lo miró a los ojos—. Porque quiero que estés ahí cuando me levante por la mañana. Y también cuando me acueste por la noche. Y también entre medias. Pero hay una razón más por la cual no puedo ser solo tu amiga.

—Kate —suspiró, abrazándola.

—Te quiero, Brock —dijo, segundos antes de que él la besara.

Ella le echó los brazos al cuello y se abrazó a él.

Finalmente alzó la cabeza.

—Tienes otra decisión que tomar —aspiró hondo antes de continuar—. Cásate conmigo, Kate.

Ella sonrió, radiante de alegría.

—Esa es la más fácil. Sí, Brock, me casaré contigo.

Él soltó un gritito victorioso, la levantó en brazos y empezó a dar vueltas. Entonces la dejó en el suelo, sonriendo de oreja a oreja.

—De acuerdo. Y, una cosa más. En mi opinión, cuanto antes lo hagamos, mejor.

—Esta vez te dejaré escoger la fecha —dijo.

Entonces vio a sus padres bailando junto a ellos. Estaban ajenos al hecho de que su hija acababa de prometerse en matrimonio. Solo tenían ojos el uno para el otro.

—De acuerdo —contestó Brock—. Elijo

el diez de abril. El día que nos conocimos, hace ya catorce años.

Ella lo miró con incredulidad.

—¿Recuerdas la fecha exacta?

—Diez de abril de 1988 —dijo mientras le acariciaba un largo mechón rizado—. Llevabas trenzas. Me pareciste muy bonita.

Ella se echó a reír.

—Y tú una cazadora de cuero negro. Me pareciste peligroso.

—No conocía el significado de esa palabra hasta que te vi de mayor —le susurró al oído en tono sensual.

—Ha sido la falda —le dijo ella.

—Has sido tú —contestó Brock.

Ella lo abrazó de nuevo, sabiendo que él era su príncipe azul.

—Ha sido el destino.